茶ばなし残香

外山滋比古

展望社

目次

III

IV

茶ばなし残香

骨　折

ある会合で会えるだろうと思った友人の姿が見えない。どうしたのだろう、と思って、帰ってから電話してみると、骨折で身動きできない、というので、びっくりした。年をとったら転ばぬことが何より大切な健康法だと言っている人だから、転んで骨を折ったというのがまず不思議だった。

この友人、先月、山の中の結婚披露に招かれて行った。その地方では、婚礼の引き出ものは、なるべく大きく、なるべく重いものでないといけないとされているそうで、軽々と持ち上げられるようだと、あのうちはシミッタレだと悪く言われるとか。

友人を招いた結婚披露宴は思いきり大きく、思いきり重いお土産を用意した。両手でやっと持ち上げられるくらいだったそうだ。それを持って、クルマに乗ろうとしたらひっくりかえって、骨を折ってしまった。

複雑骨折とかで、全治五カ月だといわれて、この友人はしょげかえっているもようである。しきりに、山村の婚礼を呪って、招かれても行ってはいけない、とわたくしにも忠告するのである。

わたしの郷里も、結婚式の派手なところで、やはり引き出ものがどっさり出るが、持ち上げられないほどというのは聞いたことがない。友人のいう山の中とは、山梨の山奥らしい。富士山がすぐ前に見えてすばらしかったそうだ。富士山が高いからお土産は重いのだろう、と友人は変なことを言った。

米澤新聞社史

「米澤新聞社五十年史」というりっぱな本をいただいた。

この欄を書くようになってもう三十年くらいになると思うが、お恥ずかしいことに、米澤新聞社のことはほとんど知らないできた。そのことをこの五十年史は教えてくれた。

五十年といえば半世紀である。しかもそれが始まりではなく五度目の再発足から数えてのことだから驚く。さまざまなことをして米沢の地域の発展のために努力してきたことがよくわかる。そしていろいろと苦労もあったであろうと想像した。米澤新聞がいよいよ発展することを願ってやまない。

この五十年史といっしょに、清野幸男社長の新著「わたしの見たこと、聞いたこと」(プレジデント社)を送っていただいた。これには、わたしが帯の文章を書いているから、内容についても知っているが、本になったのを読んでみて、改めて感銘を深くした。オランダ、ベルギー、トルコ、南アフリカ、中国、ベトナム、パラオ、ハワイ、モーゼスレイク、ラスベガス——章の名前を見ただけでもすごい本だとわかる。

わたしはとうとう外国へ行かないで一生を送ろうとしている。いまどき不思議な人間である。そういうものから見ると清野社長のように世界をかけまわる人は驚異である。したがって、この本もいちいち驚いて読むのである。

珍　客

久しぶりに、行きつけのホテルの喫茶室へ入ったらなじみのボーイが小さな声で、

「向うのテーブルにひとりのご婦人がいるでしょう。困ってるんですよ」という。いやしくも客のことを、そんな風にほかの客に話すとはなにごとか。このホテル、従業員のしつけがなっていない、と内心ハラを立てた。どうして困るのだときくと、

「きょうも、もう三時間もああして、います。まだ二、三時間は動かないでしょう。たいてい六時間くらいああしているんです」

なにもとらないのか。

「コーヒーをとって、ピラフとかカレーを注文します。あとは、なにもしないで、前の方を見つめているので、ボーイたちがこわがって、近づきたがらないのです」

注文するのなら客ではないか、というと、

「そうなんです。ですから何も言えなくて、何度も何度も水をかえるのです。おもしろいことに、帰るときは一万円札をレジに出して釣りを受け取ろうとしないのです。レジが受け取ってくれ、と言ったら、えらい権幕で怒ったんです。それで一万円を受けとり釣り分を別にとりのけてあります。いつなんどき返せと言ってくるかもしれませんし」

いくらくらいの払いかときくと

「毎回、二千円前後です。それに一万円払うんです。それにあのお客、くさいのです」

歯のはなし

先日、朝、起きたら、入れ歯がおかしい。見ると、二つに折れかけている。予備の入れ歯があるにはあるが、痛くてながくははめていられず、外したままになっている。たいへんだ。

さっそくかかりつけの歯医者にでんわ。予約をとる。その歯医者というのが、東京から百三十キロ、特急で二時間かかる千葉の銚子だから、難儀である。行けば一日仕事になる。

行ってみてもらう。前に痛かった予備の入れ歯、はめてみるとすこしも痛くない。何カ月か眠らせておいた間に、アゴの形が変わって、つまりヤセて、歯に合うようになったらしい。おもしろいこともあるものだと感心した。

ところが、感心できないことが見つかった。まだ健在だと思っていた上の歯がいかれている。半分は歯ぐきについているが、半分は浮いてしまっている。このままにしておけば、遠からずポロッと落ちるに違いない。ちょうどいい時に来ました。上の総義歯をつくりましょうと、歯医者はハリ切っていう。

その場で、仮歯の型をとった。五日たったら仮歯ができる。そしたら、上の歯を全部、といっても抜くのは半分だが、抜いてしまう。本当の義歯ができるまでは仮歯ですごす。

夏休みだから、ゆっくりよい義歯を作ってもらおうと思って帰ってきた。この歯医者さん、すこぶる上手だから百キロを遠しとしないでかけつけるのである。

少年非行

青少年の犯罪がいっこうに少なくならないどころか、増える傾向にある。

それで世論も硬化してきた。こどもだといって甘やかしてはいけない。大人並みに厳しく罰すべきで、少年法は早急に改正しなくてはいけないといった声が高まっている。

それで、菊池寛のことばを思い出した。彼は、少年犯罪は大目に見てやるがいいという意見なのである。

「少年時代の色々な悪事は、少年時代のロマンチックな傾向から説明出来るように思い、私は強盗をやった少年などというものを、それほど憎む気にはなれない。現代のような秩序整然たる世の中では、少年のロマンチックな要求さえ容易に充たされない、況やおとなのそれにおいてをやだ」(『半自叙伝』)

菊池寛は、小学生のとき友人にそそのかされて、万引を常習的にやり、結局は学校や親にも知れて、大変な叱られ方をし、そのあと何年も、先生やまわりから白い目で見られたという苦い経験があった。それでこういう寛大な気持になったのであろう。

菊池寛の言っているのは七十年前の日本のことである。そのころ、世の中は秩序整然としていたのであろうが、いまの日本は違う。犯罪が大変多い。こどもが平気で人を殺す。そういう犯罪に対しても、同じようなことが言えたのだろうか、と考えたりする。菊池寛もまさかこんな世の中になるとは思わなかっただろう。

当今男女事情

このごろテレビのドラマをよく見るが、先日、おもしろいことに気づいた。

男女の関係がどのドラマも実によく似ているのである。若い青春恋愛のヒロイン、ヒーローは時代おくれなのか、ほとんどテレビ・ドラマの中にはあらわれない。

もっとも多いのが、仕事をもった三十代前半の女性で、離婚歴があり、こどもをひとりかかえて、がんばっている。別れた男はどこか頼りなくて、会えないわが児のことを思い、あるいは父親と呼んでもらいたくてメソメソしている中年である。

職場では、上役が女性で、男はこき使われてフーフーいっている、というのが多い。

仕事をもつ女性、管理職になった女性は、いまの若い女の人にとって、ひとつのアイドルのようなものであろう。かつての可憐な美女に代っていまや、花形というわけである。

現実はまだ、そうなっていないが、ドラマの中では男よりも女性の方がえらくて、男をこき使う。これもいまの女性にとって、ひそかな憧れなのであろう。

そして、離婚。これは憧れるというわけではないが、離婚なんかコワくない、というのは現代女性の心意気というものである。そして別れたこどもは自分が引きとって育てる。それだけの経済力をもっている母親というのもわるくない。

そういう女性の意識を迎えるようなドラマがはんらんする。女性はいよいよ強くなるのである。

タダの人

この間の総選挙では、よもやと思われる前議員が何人も落選して話題になったが、たまたま、そのうちのひとりがちょっとした知り合いであるので、いろいろ考えさせられた。

この候補者は現職の、しかも有力閣僚である。誰しも、大丈夫だと思った。ご本人もそう考えていたのではないか。というのも、落選してから、しきりに努力が足りなかった、といって反省しているからである。

かけ出しの代議士は、選挙のときには町のすみずみまで、あいさつに廻る。ところが大物になると、遠くからマイクで呼び掛けるだけになる。有権者から、上ばかり向いている、とかげ口をきかれるようになって、思いもかけない落選ということになる。

落選代議士はあわれである。かつて、大野伴睦という政治家が

「サルは木から落ちてもサルだが、代議士が落ちればタダの人になる」

という明言を吐いたが、落ちた候補者はタダの人以下であるかもしれない。タダの人になった〝先生〟は、しばらく身のおきどころに困るのであろう。

そして、さっそく次の選挙に向けて、〝臥薪嘗胆〟のくるしい雌伏の時を送ることになる。衆議院議員の任期は四年だが、解散があればすぐにでもまた選挙になる。〝タダの人〟は少しでも次の選挙が早く行われるように祈るのである。

PPK

これでピンピンコロリと読むのである。テレビの健康番組が話題にしているのをきいて知った。

ただ長生きするだけではいけない。ピンピンして年をとり、いよいよとなったらコロリとあの世へ行く。病気なんかではなく、コロリ突然死である。四十代五十代ではおそろしい突然死も八十五歳、九十歳になれば、むしろ願わしい最後になる。現にポックリ死にたいというので、ご利益のあるポックリ寺まいりが一部で流行している。

テレビのPPKはお寺へ行くのではなく、コロリと行く方法を教えたが、ロクなことはない。ただ、みんなといっしょにたのしく食事をすること、というのがあった。

これはいい。私もかねてからだんらんの食事の健康効果を考えていたから、わが意を得た。さっそく実行を考える。

年齢六十五歳以上。なるべくいろいろな仕事をしている人がよろしい。月一度、集まって、おいしいものを食べる。そしてめいめいが自由に思ったこと、思わないことをしゃべる。できれば笑って別れる。そういうクラブを立ち上げようと考慮中、すでに人選をすすめているところである。

話をもちかけた人から、会の名前は、なんというのか、ときかれた。それもみんなで考える方がおもしろい、といって逃げているが、魅力的な名前があった方がいいと思い、いろいろ考慮中である

靖国神社

ことし(平成十五年)も八月十五日がやってくる。また、首相の靖国神社参拝が問題になるかと思うと、心が重くなる。

ことしは早々、春の例祭に参拝をすませているから、終戦記念日にはいかなくてもいいだろう。そういう妙な安心をしている妙な人たちもいる。

隣国から、参拝するなと言われると、ハイと言うのが平和的であると思う日本人が、いつまでたっても減らない。妙な国である、日本は。

個人的には、靖国神社へ折にふれて参拝している。友だちが何人もまつられている。こちらだって、戦死しておかしくないのが、生きながらえて二十一世紀を迎えたのである。かれらは代わって国のために死んでいった。そう思うから、その御霊をまつる靖国神社はおろそかにできない。機会があれば、なければ、つくってでも参拝しないと気がすまない。

社殿にぬかずくと、同年代の人たちが、心を込めてお参りしている。そればかりではない。茶髪の若ものが神妙に二拝二拍手一拝の参拝をしているのを見かける。なんとなく心なごむ。眠る英霊も、われわれ老人のお参り以上に、喜んでいるだろうと思うからである。

靖国神社では外国からうるさく言われる。別の慰霊施設をつくろうという話がある。どうして靖国神社をそんなにきらうのか。わからない。

八月十五日には雨が降っても槍が降っても靖国神社へおまいりに行く。

後片づけ

恥さらしのことを書くがわが家は乱雑で、散らかっていて、始末がわるい。家族はがまんしているが、よその人が見たら、どんなにおどろくか知れない。それで来客はすべておことわりしている。

訪ねて来たいという人があると、近くの喫茶店で会いましょうという。そうもいかない相手だと、ホテルのロビーで待ち合わせ、コーヒー・ハウスなどで面談することにしている。

それで、いつも肩身のせまい思いをしている。家族はみんな仲よく後片づけが下手なのである。年に何度か大決心をして、大掃除をしてきれいにするのだが、(もっとも、がらくたを物置へ投げ入れるだけ)すぐまた、乱雑になる。

そういうところで暮らすのはユウウツである。テレビや雑誌のグラビアで、きれいな部屋でくつろいでいる人を見ると、一度、ああいうところで暮らしてみたいと思う。

後片づけができないのはもって生まれた性質、あるいはクセであろうと思っていた。そういう人間ばかりがいっしょにいるというのは、このクセは感染するのだろう。勝手にそう思っていた。

ところが、先日、テレビの番組が、後片づけできないのはクセなんかではなく、病気である、と言うから、びっくり仰天。

注意欠陥多動性障害、というのだ、そうである。そういう病気で散らかるのではなく、散らかしているとそういう病気になるのだろう。

梨

富山にいる友人がことしも梨を送ってくれた。添え状に、昔、年寄りが、梨のことを「アリの実」と言った。こども心に、甘くて蟻が寄ってくるから、そう言うのだと思っていた。「ナシ」というのを逆に「アリ」と言ったユーモアとは知らなかった。というようなことが書いてある。「ナシ」では縁起がわるいから「アリ」としたのは曲語法である。

先日、千葉県の白井というところへはじめて行った。市の幹部の人が、この町は狂牛病の牛の第一号が出たところとして有名になってこまっているのですが、(こちらは、そんなこと知らないのに、わざわざ余計なことを言う)実は、梨の産地としてもとからよく知られているのです……

そんなところから梨のはなしになった。

梨はいい。おいしいけれども、すぐいたんでしまうのがよくない、と言うと、向うの人がそうなんです。日もちがわるいのが玉にキズですね。と応じた。

いま出まわっている幸水、豊水という品種はことに、いたみが早い。うっかりすると、もう中の色が変わって、味もずっと落ちる。

幸水はもと二十世紀(水分が多く甘みが少い)と長十郎(甘みは多いが水分が少い)との交配によって生まれた品種である。そのため長くもたない。世紀も変ったことだし、二十一世紀という新品種をつくってくださいと言ったら、市の人は目を白黒させた。

お賽銭

郷里のお寺のはなし。

信心ぶかいおばあさんが毎朝のようにお寺へおまいりに行く。ある日、いつものように一円玉をひとつお賽銭にあげようとして、まちがって百円玉を入れてしまった。おばあさんは、庫裏へまわって、和尚さんに、わけをはなして、

「おつり九十九円をおくれ」

と云った。和尚さんが、「そんなことを言ってはバチが当たる。極楽へは行かれんで」とさとしたそうである。

こちらは東京、銀座であった先日のはなし。

ホームレスが、銀座の神社で賽銭をとろうとした。手をつっこんで、お金をにぎって、手を

抜こうとしたが、どうしても抜けない。助けを求めた。レスキュー隊が出るさわぎになった。どうしてもぬけない。洗剤を流し込んだらようやくぬけた。洗剤とは、レスキュー隊もうまいことを考えたものである。

これで一段落したわけだが、この泥棒は、一九七円の賽銭を最後までにぎっていたそうである。いじらしい。

しかし、警察はたとえ一九七円でも、りっぱなセットウ罪であるから、許さない。その場で逮捕となったそうである。

ひょっとすると、このドロ君、泊まるところ、食べるものがなくて、つかまろうとしたのかもしれない。賽銭をとってでもご利益がある？

にぎりめし

このきびしい冬空のもとホームレスはどんな暮らし方をしているだろうかと思っていたところへ、ある週刊誌がホームレスの体験ルポをのせているから、読んだ。

ホームレスとともに夜をあかした、などと書いているが、どこかの喫茶店かなにかで作り上げたようなルポで腹が立った。

ただその終わりのところに、明け方近くなると、公園のホームレスが一カ所へ集まり列をつくるという話が出てくる。

列をつくって並ぶものほぼ三百名くらいだという。なぜ集まるのか。毎朝、白人の夫婦があらわれて、みんなににぎりめしを配る。それをもらうためである。

いい話だ。この記事を書いた記者は、この外国人のことは、ただ「白人の夫婦」とだけしか書いてないが、どういう人たちだろうかとあれこれ想像する。毎朝、何百ものにぎりめしをもって、食べるものにこと欠いている人に施すというのは、ちょっとした思いつきでできることではない。

日本人でこういうことをする人はないから、外国人がする。日本のこどもはホームレス狩りとかいって、よってたかって、いじめ、ときには死なせたりする。世間もそれをさほどの悪事とも思わない。親もそういう子を育てたのを恥じない。われわれ日本人は、やはり心やさしくないのだろうか。すくなくとも、自分は、この外国人夫婦のようなことができない。はずかしい思いをした。

着物

十三日の成人式で、珍しいことがあった。着物を着て式に出ようとした新成人が、出席を拒否された、というのである。

大分県の姫島村という国東半島沖の島の村のこと。当日成人代表のあいさつをする女性が前日の予行に着物を着て行ったら村の教育委員会から、着物できてはいけない、と言われた。その女性が、着物で出たいというと、それでは式に出てはいけないと拒否された、というのである。女性は当然、怒ったが、式には出られなかった。

どうして着物ではいけないのか。着物を買えない家庭もあるから、スーツにしよう。着物だと貧富の差が出てよくない。そういう理由で成人式の着物を事実上禁止した。四十年も前のことで、いまでは、それが村の〝伝統〟になっているというのである。この新成人は伝統に反するというので出席を許されなかったのである。今どき、ちょっと珍しい話である。

学校で、ぜいたくなものを着てくる子がいるとおもしろくない、というので制服をこしらえ、みんな同じ服装をさせるようにしたのは明治のころからの習慣である。このごろは一部で、制服はいやだという生徒の声があがって、制服をやめて、標準服にしたところもポツポツ。まったく自由というところもある。成人式にも制服を着せようというのが、この島の考えらしい。若い人は不満であろう。

高い本

昔の中学校のときからの友人で親しくしている青木猶次くんが本を出した。今川義元で有名な桶狭間の古戦場の近くに住んでいるので、その村の話を書いたのである。題して「大脇村今昔」。

本が出来たのは暮れだった。いろいろおもしろいことが書いてあるから、一気に読んでしまった。

すると、青木くんから電話が来て、本代の請求書が来ないが、金は用意して待っているという。律儀なことに感心する。

年があけて本代の請求が行ったらしい。その代金の額をきいておどろいている。高いのである。

この本は、私が知っている小出版社にたのんで造ってもらった。まるで知らないわけでもないし、世間並みの費用でやってくれたものと思っていたが、高い。

一〇〇部しかつくらないのに、そしてごく薄い本なのに、代金が五十万円あまりかかったらしい。一冊当たり五千円の勘定になる。青木くんに悪いことをしたのではないかという気持がしている。

どうして、そんなに費用がかかるのか、こちらは素人だから、よくわからないが、おそらく人件費がかさんでいるのだろう。

こんな調子では、そのうち日本で本を出すより中国で出した方がいい、というようなことになりかねない。日本企業がどんどん中国へ進出するのもわかる。

友人の新著を前にして、妙な感想をいだいたが、本はりっぱである。

新ビル

不況だというのに、大きなビルが続々と建つ。東京でいまもっとも目ざましいのは汐留地点である。

汐留は、明治の昔、〝汽笛いっせい新橋……〟の新橋駅だった。いまの新橋駅が出来ると、汐留駅と名を変えて貨物専用駅と操車場になった。それを旧国鉄が売ったのである。

五十階前後の大ビルが十何本も建つというので興奮しているお人よしもすくなくない。

その第一号が昨年(平成十四年)暮に完成オープンした。広告会社の電通が入る「カレッタ汐留」というのである。四十七階建て。ショッピング・モールとレストランがあって、お客を呼ぼうというらしい。

こちらもお人よしの端くれである。先日、仲間といっしょに、ご苦労なことに、見物に行った。まわりが工事中でゴタゴタしているから、決していい所だという感じはしないが、それでも四十七階からの展望はさすがである。東京湾がレインボーブリッジの向こうでかすんでいる。このごろ東京名所になったお台場も白く夢のように見える。

足もとに箱庭のようなところがある。どこの公園だろうか。みんなで考えてみても、思い当たるものがない。結局、あれは浜離宮庭園だということになった。かなり大きい浜離宮がこんなに小っぽけに見えるのだから、すごいということになった。

地下で三五〇円のコーヒーをのんで帰ってきた。新ビル見物もいいが、疲れる。

乾杯

年をとると、会の乾杯の音頭をとらされることが多くなる。

しかし、正しい音頭のとり方を知る人はないのではないかと思われる。みんなにコップをもたせたまま、三分も五分もスピーチをしてしまう人もいる。会の世話人側で、あの人にスピーチをさせると長くなって困る、というので乾杯の音頭を頼んだのに、水の泡である。

結婚式などだと、

「○○のご結婚を祝して乾杯いたしたいと思います。ご唱和をお願いします」

というようなのが、いちばん多い型である。

もともと乾杯は西洋から伝わった習慣で、向こうでは、「健康のため」に杯をあげることになっているが、わが国で、健康のためという音頭をとることはかならずしも一般的でない。

もうひとつおもしろいのは、乾杯のあと、ほとんどの人のコップにビールや酒がのこっていること。乾杯は読んで字のごとく、飲み乾さなければいけないのである。ところが、日本では、そうする人は例外的であるが、それを何とも思わない。

先日、若い友人の出版祝賀会があった。私はあらかじめスピーチはいやだと辞退しておいたら、乾杯の音頭をやらされた。

「○○さんの『△△△』の出版を祝い、お互いの健康のために、乾杯したいと思います。乾杯！」

とやった。どうも後味がよくない。

借金

もと近所に住んでいた人から大金を貸してくれと電話してきた。そんな金を貸す義理はないし、電話で頼むというのも失礼だから、断わった。しかし、あとでどうしてかな。破産するのだろうか、とちょっぴり気にかかる。どこかで借りられればいいが……と頼まれもしない心配をしている。

いよいよとなれば破産である。このごろは自己破産というのが地方中心に急増しているという。借りた金が返せない。ほかで借りて払う。その借金が払えない。また借りる。しまいには自己破産になる。これが急増中。

昨年(平成十四年)度個人破産のいちばん多かったのは東京二万一千八百五十六件、ついで大阪、福岡、神奈川の順である。神奈川は東京の半分以下である。

もっともすくないのは、福井県で、わずか八百五件、ついで山梨県の九百八十三件。もともと福井は貯蓄に熱心なところで、個人破産もすくないのであろう。

東北六県を見るとやはり宮城県が四千七百九十件で最大。ついで福島県の二千八百四十五件、青森県の二千八百二十八件、秋田県は二千四百五件、そして岩手県の二千二百三十七件。東北でいちばんすくないのは山形県の一千七百七十一件で、全国的に見ても十位の優秀な県である。こうして山形県はお近づきを得ている人間だから、山形がいい、というのは理屈抜きでいい気分である。

もともと山形県人は人情日本一だと思っているが、借金破産のすくないこと東北随一というのはうれしい。

校長

広島県の尾道市で、昨年(平成十四年)銀行の副支店長から小学校の校長になった人が自殺をした。

着任以来、この校長はさんざん苦労したらしい。つぎつぎ新しいことをしようとするが、職員はついてこない。それればかりか反発する。毎日のように深夜まで、教頭と話し合ったという。その教頭が一年のうちに二人まで病気に倒れた。ご本人の校長も不調を訴え、休暇を申請したのに、教育委員会は、「この時期になにを考えているのか」と却下してしまった。自殺されてみると、その決定をした教育委員会は寝ざめのわるいことだろう。

だいたい、まるで畑ちがいの人間を公募で校長にするという考え方が問題である。民間の活力などというが、企業と学校とはまったく別世界である。いきなり、トップにすわって、うまく行くわけがない。

そういう校長が飛び込んで来た学校の一般職員の気持ちも複雑であろう。教師ではいい校長になれないということを暗々に示されている。教師のプライドを傷つける。すなおに言うことをきく人はすくない。

そういうことをいっさい考えないで、シロウト校長にすえることをしたのは、社会、家庭に、何か変わったことをしないと教育はよくならないという空気があるからである。

妙なことでも新しいのはよいことだと思う家族が、小学校はおろか、幼稚園で英語を教えるようなことを声援する。少子化で、こどもを獲得するには、とにかく、家庭の目を引くしかない。学校がそう考えても不思議はない。教育大バーゲンが始まった。民間入校もその目玉商品?のひとつだったのである。

学校は、普通なことをまっとうにやればいい。校長がはり切りすぎて自殺することはない。

税　金

三月十七日(平成十五年)、やっと期限ぎりぎりで所得税確定申告をしてほっとしているところである。

収入が複雑だから、毎年申告書の作成には苦労する。ことしは、作成の書式が変わったから、とくに骨が折れた。三月のはじめから、毎日、すこしずつ進めて二週間余りかかった。その間ほかのことはほとんど出来ない。しかし、きちんとした申告書を作ろうと、一生懸命つとめた。二、三月になると、新聞などで巨額脱税事件のニュースがよく出る。そういうのを見ると、腹が立つ。まじめにやれと言いたくなる。

戦前は、教育、兵役、税金は国民の三大義務だといわれたものである。いま兵役はなくなった。義務教育も影がうすい。昔は税金を納める人は比較的すくなかったが、いまは大半の人が税金を納めているだろう。昔も脱税がなかったわけではあるまいが、いまほどはびこってはいなかった。世の中が悪くなったのである。資本主義の中にはモラル欠如の部分がある。経済学が倫理学から破門されて生まれたのも故なしとしない。

えらそうに天下国家を論じているような人の中にもこっそり税金をごまかしているのがあるらしい。

税金をとられると思うからいけない。国家、社会のための個人の貢献ができると思えば、税金はすすんで納めるものという考えは自然に根づく。

税金を納めるのは、世のため人のためである。納める税金があるということはその人の手柄である。喜びをもって納税するのが人間の幸福である。このごろそう思うようになった。やはり年の功であろう。

休みがコワイ

月曜日がくると、また一週間、仕事かと気が重くなるというのは、勤め人に多いことで、英語でも月曜ブルース、月曜ムード、ということばがある。学校のこどもも、月曜がいやで、休みたくなる。学校の事故は月曜に多いといわれる。

しかし、休みはうれしい。週末になると浮き浮きする。面倒な頼みは、週末がいい、という。たいてい、いい返事がもらえる。まちがっても月曜日にしてはいけないのである。

ところが、このごろ、サラリーマンなどに、日曜ウツ病というのが、広がっているというから不思議である。心待ちにしている休みにどうして心たのしまず、ユウウツになったりするのか。

どうも生活のリズムがくずれるのがいけないらしい。走っているときは快調だったクルマが急停車すると変になる。故障もとめるときに原因があることがすくなくない。

ふつうのリズムが休日で乱れる。変調をきたす。かつては一日だった休みが、いまはたいてい週休二日である。二倍休めると言って喜んでいるうちに、休日ウツ病がしのびよってくるというわけである。

昔の人は、年中無休で働いた。いかにも非人間的なように思われるかもしれないが、その実、もっとも合理的だったのかもしれない。リズムのくるいをおこす心配がない。休日ウツ病などというものはおこらない。休みがいけない。コワイ。

変な先生

東京の西郊、町田市というところの中学校の先生(四十歳)が問題になっている。

昨年(平成十四年)春、担任したクラスの学級通信に、〝埋めてやりたい生徒〟三人の名を実名で出した。その一人は学校へ行けなくなってしまった。

それだけではない。自分の趣味として〝放火〟と書いた。教室で、生徒に向かって、「お前の家に火をつけるぞ」と言ったりしたというから正常ではない。

さすがに父母が抗議した。教育委員会は担任から外すようにと言ったのに、校長がこれを無視、この三月まで、担任をつづけさせた、というのだから、この校長も正常ではない。こんな教師に担任されたこどもたちは一生の不幸である。

教師だって人間である。完全な人間はいないのだから、教師だって、ときに先生らしからぬことをしたり言ったりするのは止むを得ない。しかし、それはあくまでちょっとしたことでないと困る。

この教師のやったことは普通の人間としても許されない行為である。すみやかに教職を去るべきである。去らせなくてはいけない。

こういう教師があらわれるとなると、教員採用には精神鑑定、性格検査をしなくてはならなくなる。

このごろ生徒の学力が低下したと騒いでいるが、教師の資質の低下したことは、それに劣らず重大な問題である。悪い教師は次の世代の日本人をダメにする。

乱　暴

このところ毎日、近くの図書館へ仕事にいく。閲覧室で原稿を書いたりするのである。

おとといは、近くに三十くらいの男がすわって、しきりに新聞の縮刷版を棚からとり出してきては見る。それはいいが、いちいち〝これはどうかな、さて〟などとひとり言をいう。くせなのだろう。うるさい。それより神経にさわるのは、新しい巻をとってくると、机の上につよくぶっつけるように置くのである。まるでひとのことなど考えていないみたいだから、にくらしい。

こういう人間には図書館へ来てもらいたくない。

その翌日、別の席についた。近くに若いきれいな女性がいる。これなら安全と思ったのは甘かった。

これはひとり言はいわないが、やたらに音を立てるのである。やはりテーブルにたたきつけるみたいになげ出し、何やら束になった紙をパタンパタンと机にたたきつけてそろえる。

前日の男に劣らずうるさい。はじめきれいだと思ったのが、だんだん、にくらしく、みにくくなってきたような気がした。

どうして、こういう乱暴なことをするのか。考えていて、クルマのドアをしめるときのくせがのり移っているのではないかと考えた。

半ドアにしないためには力を入れてしめなくてはいけない。図書館で本を見るときも、その要領でどたんばたんやらないと、気がすまないのか。こういう女が育てるこどもが思いやられる。

アスピリン

アスピリンは百年も前にできた薬である。長い間、解熱剤として、風邪のときにのんだ。一部では痛みどめとして、歯痛をおさえるのに飲む人もいた。

もともとは、柳の木の皮の成分からこしらえたものだといわれる。どうして木の皮にそういう効力があるのか不思議である。

このありふれたアスピリンが、十年くらい前から急に脚光を浴びるようになったのである。心臓発作の予防にきくということが医学的にもたしかめられたのである。人々はびっくりしてアスピリンを見直し、アメリカでは、毎日、大量にのむ人があらわれたらしい。

ところが、最近また、アスピリンが新しく注目されている。ニュー・イングランド・ジャーナル・オブ・メディシンというアメリカの権威ある医学専門誌によると、このアスピリンが、なんと、ガンにもきくらしいということが実証されたという。

実験で、大腸ガンの患者に試みに使ってみると、たいへん顕著な効果があり、これ以上、試験をつづける意味がない、といわれるほどの効果があったという。ポリープが消えたり、ずっと小さくなったり、というケースがいくらもあったというのである。

目の色を変えてアスピリンの大量摂取のおこる心配があるが、あくまでも医者の指示によるようにと、これを報じた「タイム」は注意をそえている。

予　告

ある会の講演を引き受けた。学校の先生の集まりである。折り返して会から、演題と話の内容をなるべくくわしく知らせてほしい、と言ってきた。こういうことを言ってくるところが時々あるから、別にびっくりはしない。

すぐ返事を書いた。演題は別記のようにするが、話の内容をこまごま書いて知らせるのはお断わりする。二カ月も前に、内容をきめてしまっては、ロクな講演ができなくなる。そう言ってやった。

すると、また、その返事が来た。どうして内容をあらかじめ発表すると話がダメになるのかよくわからない。さし支えなければ、そのわけをおきかせ願いたい、とある。頭のよくない先生だ。

しかたがないから、説明することにした。

講演はいわば料理をつくるようなものである。いくら準備が大切だといって、二カ月も前に材料を仕込むのは賢明でない。心がけていれば、いい材料があとから出てくるかもしれない。それを古いもので作ってしまうのは賢明ではない。

そして、講演は、一期一会のものである。そのときだけの料理をつくらなくてはいけない。何十日も前につくった、さめてしまった料理を出すのはいかにも間がぬけている。これから準備をして、当日はホヤホヤ出来立てのあたたかい料理をみなさんに差し上げたい。それで内容予告はしません、と答えた。

ライバル

さきごろOという老学者が亡くなった。私にとってOは知人というには近すぎるが、友人といってはまたすこし遠い人であった。

五十年前、Oと私とはあるポストをめぐる対立候補であった。もちろん二人が名乗ってそうなったのではなく、採用する側が二人を最終的候補にしたのである。

Oは私よりかなり年上であったから、それだけ有利であった。Oはそのポストへ自分がつくものと思っていただろう。そういう話が私のところへも伝わってきた。ときどき顔を合わせることがあったが、もちろんふたりはそ知らぬ顔で、いつもと変わらないあいさつをかわした。

ずいぶん手間取った選考のあげく、選ばれたのは私であった。Oの思いはどんなであったであろう。そのときも考えないわけではなかったが、いま改めて憶うと、しみじみした気持ちになる。

Oはほかのところへ迎えられて行った。それからたいへんな努力をして、人のまねの出来ないような仕事をいくつもした。それを遠くからながめていて、私は、祝福していた。と同時に、かつてライバルであった人に負けてはならじ、と自らをはげました。

はじめのうちは来ていた年賀状も来なくなってしまってもう二十年くらいになる。どうしているかと思うこともときにはあった。

亡くなったときいて、ライバルの冥福を祈っている。

杉田久女

ひとはよく天才、というが、天才はそんなにあらわれるものではない。しかしその数少ない天才のひとりに杉田久女がいる。最近出た坂本宮尾『杉田久女』を読んでそう思った。

一八九〇(明治二十三)年生まれ。いま生きていれば百十三歳。実際は、終戦直後の昭和二十一年に五十六歳で亡くなった。

二十七歳ではじめて俳句を学び、たちまち注目される句を発表した。二年後には代表句の一つ、

花衣ぬぐやまつわるひもいろいろ

をつくり「ホトトギス」の有力新人におどり出る。

中学校の絵画の教師と結婚。ひたすら校務に精勤をはげむ夫に不満をいだき、家庭的には不幸であった。

足袋つくやノラともならず教師妻

とよんだ句もよく知られている。

四十一歳のときに作った

谺して山ほととぎすほしいまま

で帝国風景院賞金賞をうけ、ひろく注目される存在になる。

その後、敬慕した虚子からうとんぜられ、ついには「ホトトギス」同人を除名される。久女の念願であった句集の出版をめぐって虚子の怒りを買ったことが原因である――この坂本宮尾著はそういう新しい見方をしている。

久女は生前ついに一冊の句集を出さずに世を去った。

あじさいに秋冷いたる信濃かな

信濃は久女の実父の郷里。

心頭滅却

年をとる、いろいろなことが心配になる。中でもおそろしいのが、死の不安である。いつ死神がやってくるかしれない、と思うと、目のさきが暗くなる。

モンテーニュという人が「死そのものより、死を思う不安の方がいっそうおそろしいものだ」という有名なことばを残している。われわれ凡人には、死そのものも、死への不安も、ともにおそろしい。遺言を書きかえたりしていると、いっそう不安になってくる。

昔の人は、こういうときに信仰に入って、安心立命を願ったのであろうが、あいにく、いまの人間は無信心ときている。どうしても独力自力で、死の不安を克服する必要がある。

そんなときに、

心頭滅却すれば、火もまた涼し。

ということばはいい教えになる。

いまから五百年余り昔、織田信長の軍勢が甲斐(山梨)恵林寺をかこみ火を放ったとき、扇子をもって端座した法衣の快川禅師は右の文句をとなえ泰然として火の中に没したと伝えられる。

快川和尚にしても、人間である。死がおそろしくないはずがない。それをあえて超越して「火もまた涼し」という心境に達したのだからすばらしい精神力である。

心頭滅却、よけいなことを考えなければ、火よりももっとこわい死もまた涼しと感じることができるだろうか。そう思いながら、このところ、この句に心を寄せている。

マラソン

昔の中学校をいっしょに卒業した仲間が、ことし(平成十五年)八十歳になる。最後のクラス会を開こうということになった。

最後だから、なにか変わったことをしようとなって、マラソンが候補になった。

われわれの中学校は、一年の半分を、放課後、毎日走った。一年は五キロ、二、三年は七キロ、四、五年は一〇キロである。マラソンとはいえないから〝長距離走〟といった。

走るのは苦しかったが、それだけに後になってみると、たいへんなつかしい。これを再現してはどうかという話が幹事の間ですすめられた。

それを聞いた同級生が、走るなんてとんでもない。歩くのがやっとだ。五キロコースをゆっくり歩いてはどうかと提案したのがいるらしい。

さらにこの話がひろがって、五キロだって、歩けるのは半分くらい。その歩くのも苦手だというのがたくさんいる。タバコを買うのにもクルマで行くくせのついているくらいだから、五キロはおろか三キロでも歩けない。そういって反対するのがあらわれて、五キロのウオーキング案は消えた。

それで、一〇キロコースを借りてきたバスで廻ろうという案が有力になっている、という。

それをきいて、私は参加したくないと思い出した。私は毎日、一万五千歩、歩いている。一〇キロをバスで走るなどアホらしくてつき合えない。

色　紙(一)

郷里の知り合いから電話で色紙をかいてくれと頼んできた。ありがたくないが断わるのもやっかいだから、書くと答える。それでは色紙を送る、というから色紙はあり合わせのがあるから送らなくてもいい、と言ったのに、やはり送る、という。二、三日すると、二十枚も送ってよこした。色紙をたのむには、一枚なら二枚、二枚なら四枚色紙を届けるのが作法のようだが、二十枚送ってきたのは十枚書いてほしいのだろう。

ひょっとすると、作法を知らず、二十枚ぜんぶかいてくれというつもりかもしれない。まさかきいてやるわけにもいかず、色紙の包みをながめて、うんざりしている。

私の郷里は、もとは農村で、色紙など見たこともない人ばかりだった。それが戦後になって、しきりに色紙をほしがるようになった。思いもかけないところで思いもしらない色紙に「なにか一筆……」とたのまれる。

字のうまい人は何でもないだろうが、そうでない私のようなものには、色紙は苦手である。ことに、先年、目を悪くして、字がまっすぐにならずに、すこし右にまがる。右傾するのである。

みっともないから、なるべくは、恥をかきたくないといって断わっているのだが、そうもいかないこともある。

こんどは、心頭滅却(スレバ)火(モ)亦涼という漢字七字を書くつもりである。

テニスひじ

春先から左腕がすこし痛み出した。そのうちなおると思ってほっておいたが、よくならない。だんだん悪くなるようだ。

近所の整形外科へ行ってみてもらった。レントゲンをとったりして、〝テニスひじ〟だといわれた。

テニスしていないのにおかしいという顔をしたらしい。お医者が、これは、よくおこるもので、テニスひじというが、テニスをしなくてもおこる炎症で、家庭の主婦にもすくなくない、という。

これといった治療法もないらしく、貼り薬をくれて、また気の向いたときに来ればよい、とのんきなことを言われ、すっかり安心して帰ってきた。

この整形外科医院は二年前に開業した。その最初の日に、肩がいたかったので、みてもらいに行った。開院第一号の患者だったらしい。一度注射してもらったら、なおってしまったので二度と行かなかった。

それ以来である。ところが、こんど受付で保険証を出すと、「前にいらっしゃいましたね」と看護師がいった。よく覚えているものだ。どうしてわかるのか不思議だった。

院長も、ちゃんと、覚えていた。「はじめての患者さんですから、それは……忘れませんよ」といった。

この医院はたいへん評判がよくて、いつも患者があふれているが、こういう院長や看護師がいるのだから当然だと思って帰ってきた。

カサ

ことしは梅雨にもならないうちから雨がよくふる。朝はよさそうだったのに、ひるころ急に降り出したりする。

そんなとき、さきほどまでカサをもっている人はほとんどなかったように思われるのに、降り出して五分もすると、ほとんどの人がカサをさしている。どこから出てくるのだろうか。手品みたいだと思うこともある。

おそらく、ケイタイのカサをカバンなどに入れているのだろう。

ケイタイのカサは、あと、しまうときに始末がわるい。まさかぬれたままカバンに入れるわけにもいかないし、建物へ入っても置き場に困る。

そのせいかどうか。このごろケイタイはひところに比べて少なくなったような気がする。つよい雨だと、ケイタイは小さいから、ぬれる心配がある。大きなカサをもち歩く人がふえた。安定感がある。降らなければステッキ代わりにする。暴漢が襲ってくれば、防備にもなって心強い。それに、しゃれたカサがすくなくない。

雨の日の電車にのって、このごろ気付くのは、カサのもち方が変わったことである。ぬれたカサをとめひもでしめる。ひらひらさせていればほかの人の衣服をぬらしたりするおそれがある。そうならなくするには、こうしてまくのがいい。

数年前から始まったことで、いまは若い人などほとんどがそうしている。新しい作法というべきだろう。なかなかいい心掛けだ。

つり銭

スーパーやコンビニで買いものをすると、レジで並ばなくてはならないことが多い。ことに急いでいるとき、長い列をつくって待つのはイライラする。前の客がわざとノロノロしているように見える。レジの係がひどくのろまに見える。

ある日、女子高校生らしいのが、こまごましたものを買ってレジにならんでいた。いよいよその女の子の番になってから、彼女はかばんからガマ口を出し、百円玉をひとつひとつつまみ出してならべ、十円玉をまたいくつかつまみ出し、さいごに一円玉をとり出そうとしたが足りない。それで十円玉をひとつふやして……こんなことをしている。あらかじめ見当をつけて、金を手にもっていたらどうだ。二分も三分も待っていたのだから、と歯がゆい。それだから買いものをして帰ると、ぐったり疲れる。

私などは、レジで並んでいる間に、頭で計算。大体の金額を手にもって待っている。できれば、ツリなし、ぴったりにして、「ちょうどいただきました」と言われたい。

そのために、日ごろから小銭入れをふくらませている。百円玉、十円玉、五円玉、一円がそれぞれ十枚くらいないと不安になる。

消費税が三％だったころはことに一円が多くいってうるさかった。五％になってすこしよくなった。かといって消費税が十％になった方がいいというのでは決してない。

詩人

『詩人たちの世紀』(新倉俊一、みすず書房)をおもしろく読んだ。なつかしかった。というのも、この本の扱っている二人の詩人のひとり西脇順三郎先生に、昔教室で教わったことがあり、個人的にもかわいがってもらったからである。(もうひとりはエズラ・パウンドという詩人)

西脇先生は、新潟の富豪、もと西脇銀行のオーナーの家に生まれたが、実業をきらい文学者、詩人になった。

イギリスで若いときにしきりに英語の詩を書き発表したことは知っていたが、それが国際的にもたいへん高く評価されていたことをこの本ではじめて知った。

ご本人も国際的詩人になろうとおもっておられたらしい。日本でもノーベル賞の候補になるのではないかと噂されたこともある。

われわれは、そういう大詩人とも知らず、イギリスの古い詩を教えていただいた。はなはだ自由。先生の気が向くと上野の美術館へ学生をつれて絵を見に行ったりしたこともある。

それでもきちんと教えには来られる。慶応大学の先生だったが、われわれの東京文理科大学がお好きで、来るのが楽しみだと言われた。

私は卒業して英文学雑誌の編集をしたので、先生に原稿をお願いすることが多かった。

あるとき私を慶応の先生にしようと考えられたことがあるとほかからきいて、おどろき感謝したことがある。

平和ボケ

あるところが募集した論文を審査している。全部で十五篇ある。

その内容のことではない。そのうちの一つに、ページ番号(ノンブル)がついてないのがある。五十枚の原稿がクリップでとめてあるだけ。もしクリップが外れて、バラバラになったら、どうする、とこちらは心配したが、書いたご本人はそう思わなかったのだろう。

それで前にあったことを思い出した。クラスの学生にレポートの宿題を出した。各人三枚。再来週提出、である。

提出したレポートを見ておどろいた。三枚がバラバラのまま出したのが大部分である。数えてみた。クラス三十名全員提出したのはいいが、バラバラにならないようにホチキスでとめたもの二、のりづけ一、クリップでとめたもの五、のこりの二十二はすべてとめてない。中には三つほど用紙の上のすみ(耳)のところを折りまげたのがあった。三分の二はまぎれてしまうという心配をまるでしていない。そのノンキさにあきれた。

もし風が吹いてきて、飛び散ったら、どうする。二枚目三枚目には名前も書いてないから、どれが誰のものかわからなくなるだろう。教師はそれを心配したが、学生は〝大丈夫〟と思ったのだろう。安全になれているのである。

こんどのノンブルのついていない論文もはやり平和ボケである。有事法案をさわいでいる連中もこの一味だろう。

茶　碗

もう二十年も使っている湯呑み茶碗がある。三重県の津へ講演に行った先で記念にといってもらったものである。土地の銀行の頭取が趣味に焼いているのだという説明だった。

そう言っては悪いが、土産にくれるような品である。どうせたいしたものではあるまいと思った。さっそく普段に使いはじめた。

おもしろいことに、使っているうちに、だんだん、りっぱな茶碗だと思うようになった。これでなくてはお茶を飲んだ気がしないまでになったのである。

芸術品の本もの偽ものを見分ける方法は、毎日ながめることだという。あきてくるようだったら、本ものではない。本当にいいものは、見れば見るほど、だんだんよくなる。そう教わったことがある。

この茶碗は二十年来使っていて、いよいよ味わいが深くなってきた。本当の名品であるに違いない、と思っている。

先日たまたま、この茶碗の作者が判明した。川喜田半泥子。三重県津市に代々つづいた素封家で、津の銀行の頭取もつとめたが、いまは陶芸家として知る人ぞ知る存在である。ちょうど四十年前に亡くなっている。私が茶碗をもらったときはもうこの世におられなかったことになる。

そういうことがわかってながめると茶碗はいっそうありがたいものに思われる。家のものは使うのをやめて大事にしまっておこう、というが、わたしは使うつもりでいる。

宣伝文

前にこの欄でも紹介したことがあるが、後輩に画家がいる。後輩といっても、もう七十歳、古希である。それを記念して五十年回顧展を銀座でひらくことになっている。

その案内状に使うのであろう。短い文章を書いてくれ、と近藤照倫画伯がいう。よしきた、と引き受けた。その気になればすぐにでも書けるようにタカをくくっていた。

四月末までには送るといっていたのが、連休明け、さらにもうすこし待ってくれ、などと言っているうちに、とうとう催促をうけるようになった。電話がかかる。速達がくる。すぐ書こう。これまでに数次にわたる下書きがあるので、それに手を入れて、と考えたのだが、どうも気に入らない。しかし、もう待ったなしの段階である。心を鬼にして仕上げなくてはならない。

その原稿がたったの二百字である。さんざん苦しんで、書いたのが――

「忘れられ、見落とされる自然と人間にやさしい目差しを向けて、一種クラッシックな世界をつくり出した。

働く人を見つめる芸術はとかく思想という主人をもちがちだが、わが近藤照倫にいたっては独立自在、随所に主となってわが道を往くところ、はなはだ清爽。ひ弱そうで強靱、素朴そうで深い。愛すべき芸風である」

ＰＲの文章というものは実にむずかしい。しみじみそう思った。

会合ぎらい

先日、若い友人たちとワイワイさわぎながらビールを飲んで、たのしかった。

そのとき、こういう会をもうすこし大ぜいでやりたい。若い人も入れて……などということを私がしゃべったところ、ほかの諸君、なんとなく割り切れない顔つきである。こちらが

「いけませんか」

ときくと、ひとりがいう。

「なにしろ、いまの若い人は会がきらいですから……」

会をしても、呼んでも出てこないだろうということらしい。

若い人が会合嫌いであるということは、これまでまったく知らなかった。みんなよろこんで会へ来るものと思い込んでいたのである。

現に、この会だって、若い人もいるが、出てくるのが迷惑なのだったら、知らぬこととはい

え、悪いことをしたと反省した。

われわれの若いころは、会合があれば、よろこび勇んで出かけたものである。たいてい食事がついているが、うちで食べられないご馳走もある。

みんなと話をするのもたのしい。時のたつのを忘れることもある。会合の案内がくれば、たいてい「喜んで出席」と返事したものである。

それが、どうして、いまの若い人は集まることがきらいなのか。食べものの魅力がなくなったこともあろう。少子化時代に育って、仲間とつき合うよろこびも知らないのだろうか。いろいろ考えたが不可解。

毒　茸

お茶の水女子大学に新しい研究棟が完成し、落成式があった。もと勤めていた学校だから、案内があった。

建物を見るだけでなく、中でしている研究の一部を外来の人に紹介するという催しでもあった。

食物研究室というのであろう。茸のはなしを若い助手がしている。

「日本は世界でも、茸の多い国です……」

そうとは知らなかった。おもしろい。

「毒茸は世界に三つしかありません……」

まさか、と思ったから、説明がひと区切りついたところで、きいてみた。

「たったの三つですか。ほかにはないのですか」

その研究員は

「多少、手足がしびれる、気分が悪くなる、というのはいくつもありますが……」

「そういうのも毒茸というのではありませんか」

「いいえ、命にかかわるものだけが毒茸です」

どうも、信用できない。もっとききたかったが、ほかの人がいるし、遠慮して帰ってきた。

われわれはこどものときタテにさけるのは毒がない、さけないのは毒茸だと教わって育った。これもいい加減である。ぼんやりした感じでは、半分くらいの茸は食べられない、つまり、毒があるように思っていたが、この研究者が、世界に三つしか毒茸がないというのをきいて、本当にびっくりした。

調べてみようと思いながら、そのままになっている。

しのぶ会

親しい友人が亡くなって一年になる。未亡人が故人をしのぶ会をしたいと言われ、お弟子たちが世話人になって、会は実現した。

未亡人のあいさつがあるだけのさっぱり、しゃれた会で、百五十名くらいが集まり、しみじみとありし日の故人の思い出などを語り合った。帰りに未亡人からおみやげももらった。

このごろ、新聞の死亡記事を見ると、葬儀は近親者だけですませてしまい、後日、しのぶ会をするというのが多くなった。これだと無理して告別式にかけつけなくてすむ。忙しい人にはありがたいが、葬儀屋はうれしくないだろう。

私はもともと葬式ぎらい。ひとの葬儀にもほとんどいかない。自分が死んでも、みんなに案内して葬式などしてくれるな、とかねがね言っていた。家族が、世間並みのことをしなくてはいけない、といって強く反対していた。十数年前のことである。

その後だんだん、密葬が多くなり、それほど変わったことでもなくなってきて、私の願いは実現性をおびてきた。愉快である。

生きているうちは、いろいろな人とつき合いたい。死んでしまってから、香奠などもって来てもらっても口もきくことができないのだからつまらない。
しのぶ会は、大がかりな葬式よりはましだけれども、やはりひとさまに集まってもらうことになり、迷惑をかける。自分はしのぶ会もしないでもらいたいと思っている。

ラジオ体操

先日、知り合いの人が来て、自彊術を始めた、という。なんでも資格があるらしく、それをとるための練習のようなことをしているそうだ。

自彊術のことは前から知っている。大正時代につくられた体操で、学校などで行われた。なかなかの人気であったが、ＮＨＫのラジオが始まって、ラジオ体操をつくり、すすめた。ラジオの力はたいしたもので、またたくまに、ラジオ体操は自彊術を圧倒。自彊術はやがて忘れられるようになった。

それが健康志向のつよい現代でよみがえったのであろう。各地に、自彊術の会ができたようである。もっとも東京の巣鴨にある十文字女子高等学校、中学校は自彊術の創始者の建てた学校であることもあって、七十年間ずっと自彊術を毎日やってきた。そこの卒業式には、体によいと評判がいいという。

ところでラジオ体操もますますさかんで、うちの近くもラジオ体操の会がいくつもある。これから夏休みになると、小学生も参加して、にぎやかである。朝六時半というのが、こどもにはつらいが、お年寄りにはもっと早くしてくれという声がある。

そのラジオ体操が、ベトナムへ渡って、流行しているというニュースを先日きいて、なんとなくいい気持ちになった。ものではなくて体操を輸出？　するのはたいへんよろしい。

黒い西瓜

北海道の人から黒い西瓜をもらった。

おどろくといけない、と思ったのだろう。前もって電話があって、説明した。黒い西瓜である。ほかでは見られない珍しいもの。なかなか値段が高くて、ふつうの人は買わない(なにもそんなこと言わなくてもいいと思った)名はデンスケだという。

数日すると、デンスケが届いた。なるほどまっ黒で、こんな西瓜は見たことがない。ひょっとすると、中も黒いのかと心配になったが、写真入りの説明書きが添えてあって、中はちゃんと普通の赤い色をしている。

とにかく大きい。少人数だから、二、三日かかって食べることになる。生ゴミの都合があるから、週末はダメだと家内がいう。

なにしろ、いま東京は梅雨寒である。涼しいどころか寒いくらいである。西瓜をたべる気分ではないから、梅雨があけて、暑くなってから切ることにしようとなって、デンスケ君は廊下の隅へはこばれてしまった。

そして、デンスケという名が気になった。

デンスケはデンスケ賭博のこと。円盤の上で水平の棒をまわし、止まったところを当たりとするルーレット式の賭博。〝ぶんまわし〟ともいう。語源は不明だが、この賭博を検挙するのが得意だった刑事の名だという説がある。

放送の取材に使うテープレコーダーのことをデンスケというが、西瓜の名とはおどろいた。

悪口

人を悪く言うほどたのしいことはない——そう言った人がいたような気がする。

うちの近所で、会えば人のことを悪くいう人が三人いる。みんな中高年の女性である。

ほかの人はかげで悪く言われていると思うのだろう。あまり親しくつき合う人もないらしい。気の毒である。それでますます人の悪いことを言いふらす。

つい先日、もと勤めていた学校の先生の追悼会、しのぶ会があった。亡くなったときには遺族がだれにも知らせなかったので、一年たって会をすることになった。

みんながこもごも、故人の話をした。その中に毒舌をもって鳴る老人がしゃべった。故人が離婚したときの慰謝料がいくらで、それが払えなくて、高利貸しから借りた。そのくせ、一生、威張っていて、人を見れば、「オイコラ」と呼ばんばかりであった。あの世へ行っても多分威張っているにちがいない……などということをしゃべる。

金貸しから金を借りて離婚した、というようなことは、はじめてきいた。ほかの人もそうらしく、息を殺して、悪口追悼をきいていた。

人間はだれしも、恥ずかしいところがある。みっともないこともある。それを人が悪く言うのは当然かもしれないが、やはり、いけないことである。

これからは決して人の悪口は言うまいと心に決めて帰ってきた。

読　者

ものを書いて活字にすれば、読者ができる。どこにいるのかわからないのが普通だが、ときには、はがきなどをくれる人もいる。この茶話にもあって、中でも東京、八王子のご婦人がときどきはがきで励ましてくれる。こういう読者はありがたい。

もっとも、時にはありがたくない読者もある。

これは私の本の読者だが、鹿児島から長い手紙をよこす。遠くの知り合いのようなつもりでいたら、あるとき突然、東京へ出てきたらしい。もちろんくわしいことはなにもわからないが、どうも旅行ではなく、引越らしい。どういう事情で東京へ出て来たのか、読者のことだし別に気もとめなかった。

先日の雨のふる夜、かなりおそくなってから、この男性から電話がかかってきたからびっくりする。

「いろいろありまして、金がまったくなくなってしまいました。たいへんあつかましいことはじゅうぶん承知していますが、金を貸していただけませんか」

というから、もっとびっくりする。突然そんなことを言われても当惑する。

「今夜、とまるところがないのです。いまからタクシーで行っていいですか」ときく。金がないのにタクシーにのってくるのはおかしいと思ったが、いったいいくらほしいのか、ときくと、一万円でいい、という。

それならダマされても、たいしたことはないから承知した。すると十分後に玄関にその読者があらわれた。うすくらがりだったが、はじめて顔を見た。

タタル

やはり、タタリということはある。ある人はひどく恨みをかうようなことをした。すると、やがて、原因不明、病名のつかない病気で倒れ、死んでしまった。

また、ある大学の教師は教え子の推薦状にひどいことを書いて、その就職を妨害した。すると、やがて、その教師もフラフラ病になった。医者にかかってもよくならなくて廃人同然。事情を知るものはタタリだと言っている。

東京のまん中、大手町のビルの谷間に、平将門の首塚がある。

千年も前に、将門の怨霊を鎮めるため、この地に首塚が出来た。

江戸時代になって、江戸城を大きくするのにじゃまだというので、これをよそへ移そうとしたところ、死者病人が続出した。おどろいた人々は移転を思いとどまったといわれる。その後、何度か移そうとしたが、よほどの怨念があるのであろう。そのつど、死者や病人が出た。つまりタタルのである。

それですっかりこわがられて、いまだに、一等地中の一等地に鎮まりかえっている。まわりのビルから見れば、いかにもじゃまであるが、タタリがあってはたいへんだから、金もうけには目のない連中も、一目おいて、いまだに祀ってあるというのである。

タタリを恐れたのか、千代田区はこれを史跡に指定した。もちろんタタリの史跡などとはいわない。

びっくり水

めん類をうでるのは、なかなか難しい。どうしてもうですぎ、つまり、柔らかくしすぎるのである。ことにそうめんが難しい。

私は昔から、どういうわけかめん類をうでるのが上手で、家のものから一目おかれている。いまも、仕事をしていても、そうめんをうでるときになると、「お願い！」と言われる。

昔から、めん類をうでるときは、そばにびっくり水という差し水を用意したものである。ふきこぼれそうになったら、差し水をするためである。わが家のものも、そうしていた。ところが私はこのびっくり水をやめた。

「だいじょうぶ？」

とはじめ、うちのものは心配したが、心配はご無用である。

ふきこぼれそうになったらガス栓を細める。そしてまた火をつよくする。またふきこぼれそうになったら、火を弱める。こうしていればびっくり水はいらない。それを発見？　したのである。

昔は、調節のつかない火でうでたから、ふきそうになる度にびっくり水を差していた。いまはガス栓をすこしまわすだけで、火の勢いをつよめたり弱めたりできる。差し水はまったく用がない。

それなのに、いまもびっくり水をさしている家が多いのはおかしい。世の中は進歩したのだから、こういうところは改良を加えないといけない。

いまから、そのそうめんをうでるところだ。

ことわざ

友人が英語のことわざの辞書をこしらえた。戸田豊『現代英語ことわざ辞典』(リーベル出版)である。

英語のことわざの辞典でこれほど大きなものは日本にないし、内容もすこぶる充実している。

その出版を祝って、先日著者の戸田君と乾杯した。その席でいろいろ話した中に、もうひとつ、こんどは日本のことわざを中心にした辞書をつくってほしいと私が希望をのべた。

それを話していて、日本のことわざと英語のことわざの両方が入っている小型の辞書がほしいというところへひろがっていった。

さらに調子にのって、いっそのこと、諸外国の代表的なことわざを集めた辞書ができればすばらしいというところまで脱線した。

「インタナショナル・ディクショナリ・オブ・フロバーブ」(国際ことわざ辞典)という名前にする。

たとえば、

「船頭が多くして船山にのぼる」(日本)

とともに、

「コックが多すぎてスープできそこなう」(イギリス)

「産婆がふたりいると、生まれる子の頭がまがる」(ロシア)

「カラスが鳴きすぎると朝が来ない」(イタリア)

「船長のふたりいる船は沈む」(エジプト)

など同工異曲のことわざが並ぶのが、この国際ことわざ辞典である。自分でしゃべっていて、すこし興奮してきた。

馬

夢の中で馬を見た。目をさまして考えてみたら八月十五日、終戦記念日だった。どうして、馬の夢を見たのか、と思いめぐらして思い当たることがあった。

私は、前橋の予備士官学校で終戦を迎えた。階級は伍長、あともうすこしで軍曹になれるところだった。

一部の将校や兵隊が、徹底抗戦だといってさわいだが、結局、みんなおとなしく帰ることになった。それを復員といった。そんなことばはそれまで知らなかったのに、戦争に敗けたとたんにあらわれた。負ける準備をかねてからしていたようでおかしい。

一週間くらいはそのままの隊の生活をしたような気がするが、いよいよ、復員となったとき、おもしろい告示が出た。

軍馬を無償で払い下げる。ただし、輸送はできないから、歩いて復員ひきものでないといけない。三年間は売却しないことが条件である。希望するものは申し出るべし、とあった。

われわれは遠くでだめ。かりに近くても、馬などもらっても、しかたがない。人間さまさえ食べものに苦労しているとき、馬まで食わせるのは話にならん。

それに馬にはさんざん苦労させられたのである。もう見るのもいやだと思った。近くに家のある兵隊たちがもらった。わが中隊にもひとりいて、それが、ウマヤからつれ出してきた馬が心なしか悲しそうだった。

それが五十八年たってわが夢の中へ出てきたのだとわかった。

本をやれば

私は、年来、自分の出した本をひとさまに贈ったことがない。それで、ひそかに私のことを悪く言っているのもいるらしいが、本を人にやってはいけない、というのは信念のようになっている。どうして本をやってはいけないのか。それを書き出すと長くなるから伏せたままにしておく。

それがどういう風の吹きまわしか、自分でも意外だが、先日、出した小著をよく顔を合わせる諸君十人にやろうと思ったのである。

筆で署名して、りっぱな封筒に入れ、冊子小包として送料二一〇円の切手をはって送った。

数日すると、電話がかかってきた。本をやった一人である。どうも、ありがとうと言った。おもしろくない。電話で送ったのではない。郵便で送ったのだ。礼を言うのも郵便にしたらどうだ。半日おもしろくなかった。

次の日、はがきの礼状が来た。よしよし、これでいいとご機嫌である。

それからもう一週間、あとの八人は何とも言ってこない。着いたのかどうかもわからない。電話で礼を言ったのをケシカランと思ったけれど、とにかく、反応したのだから、まだいい。

八人とも、りっぱな紳士淑女である。ものをもらっても、返事もしないで生きていたのだったらかわいそうな人たちである。だれか教えてやられないものか。

本はやってはいけない。やれば腹が立つ。

本をすてる

紳士録を売りつけようとする電話がかかってきた。本は一冊もいらない。本はすてるくらいある、と言うと、それでは貰いに行く、とニクマレ口をきいた。

口先だけではない、現に本をすてている。

たいしてたくさんあるとは思わないが、五十年かかって買った本があふれて置き場にこまるようになり、書庫を建てたが、これもいっぱいになった。それでも本がふえる。置き場がない。

図書館に寄贈することを考えたが、いまはどこも満杯。受け付けてくれるところがない。

友人が、古本屋へ売ればいい、と教えたが、どういうものか、売りたくはない。わずかの代金をもらうなど考えるだけでもいやだ。

結局、すてるしかない、ということになった。それで、昨年(平成十四年)あたりから、ときどきすてている。ゴミに出すのである。一度にたくさんではもっていってくれないおそれがあるから、一度にせいぜい三十冊くらいだから、すこしもハカがいかない。

きのうの朝も、井上ひさしの小説を中心に三十数冊、ビニールのひもでくくってゴミに出した。

三十分くらいしてたまたまそのゴミ集積所の横を通ったら、さっきすてた本の半分くらいを、だれかがもって行ったらしく、ひもが切れて本がなくなっている。

すてた本がどうなってもよさそうなものの、人がとって行ったというのはおもしろくない。

新しい朝

ふだんは、朝、散歩しても、ラジオ体操はしない。六時三十分からの体操は、散歩の途中で、具合がよくない。会場が道順の中にないこともある。

しかし、夏休みは別格である。昔、小学生のころに夏休みに毎朝ラジオ体操をしたのをなつかしく思い出す。それで散歩のコースを変えて、夏休みになると、公園へ寄ってラジオ体操をする。はじめに、うたがある。

新しい朝が来た
希望の朝だ
よころびに胸を開き
青空あおげ
ラジオの声に
すこやかな胸を
このかおる風に開けよ
ソレ、一、二、三

終わりの方の〝このかおる風に開けよ〟というところが早口であるから、よくききとれない。文字を見たこともないのだから、なんとかして、ききとらなくてはならない。先年、やっと歌詞がわかった。

わたしは、このうたがすきで、大声でうたう。近くに人家があるわけでもなし、迷惑になる心配はない。

そして、まわりを見ると、だれひとりうたっているものがない。こどもも大人も、ボサッとして、つっ立っている。中には口だけ動かしているものもいるが、うたにならない。

みんな寝ぼけたようで、とても「新しい朝が来た」顔ではない。声を出すのもいい運動だということをラジオは教えたらどうだ。

人生は旅か

旅行好きな友人が言うのである。どうしてキミはどこへも行かないのか、暇もあるのに、うちでじっとしている気が知れない。

旅行の意味は軽くない。人生はつまり旅のようなものだ。芭蕉も書いているだろう。「月日は百代の過客にして行きかふ年も又旅人なり」とね。まったく人生は旅である。キミのように、どこへも行かないのでは本当の人生を知らないことになる——彼はそう言ってこちらを軽べつしたような顔をした。

一寸の虫にも五分のなんとかである。黙ってはいられないから反論した。

いわく「芭蕉さんは誤解している。人生は旅なんかではない。だいいち、旅は行ったら帰ってくる。行きっきりなら移動であって、旅ではない。もっとも行ってかえらず、のたれ死という例もないではないが、まずたいていの旅行者は帰還を考えている。客死を覚悟で旅に出るのはよくよくのことである。健全な旅は行きはよいよい帰りはこわい、といいながら疲れて戻ってくる。

こちらのような出不精は行ってもまたもどってくるのが面倒だと思うのである。行かなければ帰る手間がはぶける」

旅好きが言う。「旅でないなら、人生は何だ」

当方、こたえていわく、「わかりやすく言うと、執行猶予中の死刑囚といったところだ。いつ〝これまで〟、といわれるか知れないが、とにかく死刑になるのははっきりしている。その束の間の息をついているのが人生さ」

弁護人

大阪の池田小学校で大量殺傷事件をおこした犯人宅間被告に先日、死刑の判決が下された。当然すぎるほど当然で、遺族からは「死刑でも足りない」という声があがった。

被告はひどい人間で、犯行後一度たりとも悪かったという反省を示したことがなかったという。揚げ句に、判決当日、裁判長の言うことをきかず、勝手な発言をして、退廷を命ぜられた。

それなのに、弁護人は最後まで、責任能力がなかったとして、無罪を申し立てていたのだから、われわれ普通の人間からすると、実に不思議な思いをする。

弁護士とは因果な商売である。だれが見ても極刑以外ありえないという犯人でも、なお、無罪を求めなくてはならない。普通の神経をもった人間にはとてもつとまらない仕事である。

ところが、そういう人間を大量に養成する必要があるということになった。そのために主だった大学に法科大学院が新設される。いま日本中の大学が、法科の教授の引き抜き合戦をやっているようだが、人材難だというから、いい加減なのが教授になるおそれは充分ある。

それに向けて、入学をねらっている学生がおびただしくあるというからおどろく。弁護士は優秀な若もののあこがれの職業だという。

白を黒と言わなくてはならない商売が、金がもうかるからといって、人気をあつめるとは情けない世の中である。

トイレ

近くの駅の男子トイレの上に最近、新しく小さな表示がついた。見ると、

「一歩前へ」

とある。なるほどと思った。みんな後ろの方から用を足すから、足もとへこぼれて下をよごす。

その掃除がたいへんだから、「一歩前へ」出て、やってくれというのである。なんとなくおもしろかった。

そして、思い出したことがある。オランダのスキポール空港のトイレが大繁昌で、大よごれ。掃除にたいへんな金がかかる。どうしたら、こぼさないで用を足してくれるか。空港は委員会をつくって対策を考えた。衛生陶器、つまり便器製造会社の技師が名案を考えて、採用された。

その名案とは、便器前面の適当なところへ、小さな蜂の絵をつけるというものであった。どうしてそんなものをつけるかというと、その蜂を見ると、用を足そうとする人が、なんとか自分の放水でその蜂を落とそうとする。はなれていてはうまく命中しない。自然近づく。そうすれば、足もとをぬらしたりはしなくなる、というのである。

実施してみたら大成功。こぼしてよごす人が激減。おかげで、清掃費が二〇％も節約できたという。

人間の心理をうまくとらえた工夫で、しゃれている。「一歩前へ」というのは、さしせまった気持ちをあらわしているあらわれだ。

学　歴

日本は世界でも珍しい学歴社会だという。ほかの国のことをよく知らないから何とも言えないが、学歴がものを言うのはたしかである。農業なら学歴などどうでもよいが勤め人だと学校を出たかどうかで扱いがちがってくる。

それで親たちがなにがなんでもわが子を大学へと目の色をかえる。こどもこそいい迷惑である。昔のこどもはノンキでよかった。

学歴のいちばんやかましいのは官庁、お役人の世界である。大学出と高卒でははじめからコースがちがうのは企業も変わらないが、同じ大学卒でも、人事院上級試験に合格した役人は、いわゆる〝キャリア〟で、どんどん出世して、末は局長、次官になれる。そうでない大卒は〝ノン・キャリア〟だから、局長はおろか課長もむずかしい。ことに中央官庁ではそれがはっきりしている。

先日、たまたま、図書館で、中央官庁の省庁幹部職録というのを見た。

各省庁とも大臣から課長までの生年月日、最終学歴と経歴が明記してある。もちろん東大卒がもっとも多く、ずっと下がって京大出身者がつづくが、あとはパラパラである。

そんなことより、その中で高卒の課長が各省とも数名から十名近くあるのに目を見張った。学歴社会の中どんなに苦労したかと思って胸があつくなる。こういうプライバシーを公にされて当人たちは迷惑ではないか。

百歳万歳

九月十五日は敬老の日。ニュースで、百歳以上の人が二万人をこえたと教えた。そんなに多いのか。あらためておどろく。

こどものころ、百歳になった人は日本中で十名くらいしかいなかった。千人をこえたというのは三十年くらい前だったような気がする。それが、いまは二万人だから、まさに隔世の感がある。

まだ、百歳人口が全国で何千というころであろう。山形県西川町では、百歳になった町民に百万円を贈るときめた。善政だと評判になった。何年に一人しか百歳長寿者はあらわれなかった。

ところが、だんだんふえて、近年は毎年のように該当者があらわれる。年によっては何人も百歳を祝う。となると財源にひびいて、どうもたいへんなことになりそうだ、と町長が笑って話してくれたことがある。

その西川町にならったのであろう。秋田県では、百歳に百万円贈る制度をつくっている市町村が二十一もある。やはり、どんどん受賞者はふえるが、自治体が金持ちなのであろう。数がふえても、やめたりはしないと明言しているという。りっぱである。

いまの勢いでふえつづければ、そのうちに百歳十万人時代がやってくるかもしれない。ただ、長生きするだけでなく、ピンピンして年をとるようになってほしい。百歳万歳！

逆さ歩き

友人「太ってきて、医者から減量せよと言われているんだが、だめだ。夏なのにかえって体重がふえてしまった」
「運動不足だからだ。歩けばいい」
友「それはわかっているのだが、どうも時間がなくてねぇ。適当な歩く場所もないし……」
「(そんなことを言っているからダメなんだ、と思ったが口には出さないで)時間がなくったって散歩はできる」
友「そんなうまい話があるの？　一時間くらいは歩かないと効果がない、というじゃないか」

「それがあるんだ。十五分も歩けば充分だとなる。いまどきなら汗が出るくらいだ」

友「どうするの？」

「後ろ向きになって歩くのだ。もちろん、普通の道路ではあぶない。ぶつかる心配のないところ、広場で逆さ歩きをする。普通に歩くのの四倍くらいの運動量があるから、十五分で一時間歩いたことになるのだ」

友「坂道をのぼるといい運動になるというのは聞いたことがあるけど……」

坂道は普通の歩きの三倍の運動量があるといわれるが、それ以上なのが逆さ歩きだ。それもできなければ五、六階のところまでの階段を何回も上り下りすればいい」

友「それは退屈でいかん」

「ぼくは朝の散歩の途中、あぶなくないところで、六〇〇歩くらい逆さ歩きをして汗をかいている」

あとがき

前々から、あとがきを読むのが好きである。知らない雑誌などをもらうと、まず、あとがきを見る。おもしろくなければ、縁のないものとしてすててしまう。心をひかれると、愛読するのである。

自分でも、若いときからいくつもの雑誌を編集したが、いつも、編集後記には力を入れた。そうして書いた後記を集めて一冊の本にしたこともある。意外に好評であった。後記の好きな人間が世の中にはすくなくないようである。

もっとも、ある人に言わせると、後記、あとがきというものは、外国の本や雑誌にはない。日本だけの習慣だ。おもしろがるのはよくないとなる。

外国にあろうとなかろうと、あとがきが好きになるのは自由である。おもしろいものはおもしろい。外国かぶれがなにを言うかと思った。

このところずっと毎日、図書館で仕事をしている。つかれると、書架の方へ行って、目に入った本をひき出して、あとがきを読む。大きな本でもあとがきはせいぜい二ページくらいだから、立ち読みであっというまに読みおえる。これはと思う本だと、前へまわって、はしがき、序文を読むこともある。それで、これまで知らなかった世界のいくつかを垣間見ることができたような気がする。

こうして読めば万巻の書を読むのもあながち夢ではない。そう思っている。

農業

「ぶどうの木、どうしたの?」

郷里で農業をしている友人に会うなり、あいさつ代わりに、そうきいてみた。すこし前に、彼から、もう疲れた。このぶどうの取入れが終わったら、木を切ってしまおうと思っている。もう業者に頼んだようなことを電話で話したのである。

かれはちょっと恥ずかしそうに、

「やっぱり、やめないことにした。ぶどうの木を切ってしまうというのをきいた親戚のものが、お年寄りだから大変でしょうが、疲れるときはみんなで手伝うから、やめないでくれ、というのにホダされて、つづけることにした」

「それはよかった。ぶどうの木を切るなんて、だいいち、もったいない。木もかわいそうだ。農業は、定年がないのだから、死ぬまで働いたらいい。サラリーマンはそうはいかない。農家はうらやましい」

「ただ、体がたいへんで疲れる。そうすると、やめたくなる」

「疲れたら、休めばいい。そういう応援してくれる人がいるのなら、心配することはない。もっとも、ことしは冷夏だから米の方はいけないだろうが」
「いや、このあたりは冷夏ではなかった。平年なみに行くのではないかと思っている。いよいよ来週から収穫に入る。楽しみだ」
「うらやましいよ。動ける間は弱音をはかずがんばれ」

選ぶ

家のものがデパートへ行ったがいつまでも帰ってこない。やっと帰ってきて、知り合いへ贈る品を選んでいて思わぬ時間がかかった。いろいろものがたくさんあって、目うつりして困ったそうである。ものを選ぶのも容易ではない。

小学校の六年になったとき、担任の先生が、級長をみんなで選挙しろといった。そんな目で友だちを見たこともないし、仲のいい子を選ぶのはなんだかよくないことのように思った。みんなずいぶん迷ったらしい。選ばれたのは、先生がニガイ顔をするように思われる子であった。それにこりたのか、先生は二学期になると先生が指名する「官選」の級長になった。こどもたちも、この指名級長の方がいいように思った。

民主主義はことごとに選挙がある。たいていは候補者があるから、その中から選ぶのだが、良心的になればなるほどわからなくなる。それに、候補者のことをよく知らないことが多い。うわさのようなことで好きになったりしている。

よく知らない候補者も顔はある。写真がある。それを見てこれがいい、といってきめることが多い。そのために、写真うつりのいい人間ばかりを候補者に立てて成功している政党もある。

選ぶのは難しい。めんどうだ。それで選挙に行かない若ものがふえた。えらそうにしているが、要するに選ぶ力がないのだ。

患者の身

月一回、みてもらう病院へ行ったら、どういうわけか、ひどく混んでいる。これはたいへんだと覚悟をきめて目をつむる。

となりの椅子の初老の男の人が話しかけてきた。

「ずいぶん待たせるじゃありませんか。だいたい病院は患者なんか人間だと思ってないが、患者の身にもなってみろっていうんですよ」

といきまく。きいてみると、午前十時にきて、それからずっと待たされているのだそうであるが、そのときは午後一時半だから、三時間半、いつ呼ばれるかわからないから、昼めしもたべていないそうである。仕事があったのだが、これでは今日はダメだから、さっき電話でことわったともいう。

はじめは乱暴な人だと思ったが、話しているうちにこの人に同情するようになった。どういう事情があるにしても午前の診察が午後へまわってしまったら、ひとことあいさつがあって当然。のまず食わずで、三時間半も待たされるのでは、病気を治すどころか、悪化してしまう。

病院側はそれくらい患者が多くないと経営が成り立たぬというだろうが、病気を治す責任を忘れてはいかん。お医者も患者は感情をもった傷つきやすい人間であることをよく伝えてほしい。医学部は患者学という講義をつくって、医者の卵に患者とはどういう人間であるか、よくよく教えないといけない。

火事

このごろ大企業の大工場があちらでもこちらでも火災をおこす。世間も、なれっこになって、あまりおどろかない。

個人の家屋の火事もすくなくない。そして、たいてい死人が出る。どうして逃げ出さないのだろうといつも不思議である。化学建材は火のまわりが早いと解説する人もいるが、小さな家だ。その気になれば逃げられないことはあるまい。

このごろ、火の用心、ということを昔のように言わなくなったのも気になる。うちのあたり、以前は、年末になると、火の用心とさけぶ夜警がきたものだが、いつのまにかなくなった。

近代的工場では防災設備が完備しているのだろう。それで安心して、火の用心をおろそかにしたために、火災をおこすのであろう。

このごろの工場はリストラで人手が不足している。それで火事が多くなる、と妙な解説をするのがいるからあきれる。人手が足りないと火事になるなどという理屈はこどもが考えても立たない。ダメにする連中の言うことである。

火事は人手とは関係がない。火事をおこしてはいけない、火の扱いはいつも注意するという気持ちの問題である。昔は火事を出すと罰せられることもあったが、いまはそういう話をきかない。それで火の用心がおそろかになったのか。

とにかく大工場の火災はいけない。工場の人たちはすこしタルんでいるのではないか。

おくれる

かつては学校がすくなくて、三キロ四キロと歩いて通学する小学生がすくなくなかった。

大人たちが、かわいそうにと思い、そう言ったが、こどもは案外平気である。雨の日も風の日も、ちゃんと学校へ来る。休んだりしない。遅刻もしない。六年間、無遅刻、無欠席で、皆勤賞をもらうのは、多くそういう遠くから通ってくる児童だった。学校の近くに住んでいるのがよく遅刻する。

これはある勤め人のはなし。列車で通勤しているのだが、ときどき乗るべき列車に乗りおくれ、遅刻する。時間のやかましいお役所だったら、おくれてはまずいのである。

その人は、これは住いが駅から遠いのがいけないのだと思った。たまたま、駅の近くに手ごろな借家が見つかったので、引っ越した。

こうなれば、もう乗りおくれはしまい、とこの人は思って、友人にもいばったそうである。

ところが、おかしいことに、前と同じようにではなく、前よりいっそうしばしば、乗るべき列車に乗りそこなったという。

遠くにいたときは、おくれそうでも途中を急げばなんとか間に合うこともあった。ところが近くに住むようになったら、おくれてもとりかえしがつかない。

この人はそういう理屈を見つけたといってよろこんだ。

茶髪

地下鉄のホームで電車を待っていると電車が入ってきた。優先シルバー席がひとつだけあいている。そこへすわれるかな、と思って乗ると、うしろからのって来た茶髪の若ものが、さっとそこへかわってしまった。

つり皮にぶらさがっていると、うしろで声がするからふり向くと、さっきの茶髪である。

「どうぞ」

という。席をゆずってくれるつもりらしい。別にすわりたいとも思わなかったがその親切はうれしかった。それに茶髪の若ものはよくない人間であるようにきめてかかっていた自分がすこし恥ずかしかった。

「どうもありがとう」

といって、そこへ腰をおろした。すいている電車だから、ほかの人もそれを見ている。彼は、そこをはなれて向こうの方へ行って立っていた。

ほかに、女子高生や若いサラリーマンがシルバー席にすわってそれを見ていたが、なんとなくバツが悪そうに見えた。茶髪はそういう連中にひとつの教訓を与えたことになる。茶髪を軽べつしてはいけない。

これはシルバー席のことではないが、中年の女性のマナーがよろしくない。たいした荷物でもないのに、座席において席をふさぎほかの人が立っているのに平気でいる。見るからに、にくらしい。いくらおしゃれしてもきれいに見えない。茶髪の青年に見ならったらいい。

静かな子

〝こどもは泣くもの〟ということばがヨーロッパにある。日本では〝泣く子は育つ〟という。また、〝泣く子と地頭には勝てぬ〟というのもある。

この〝こども〟は赤ん坊のようなごく小さい子のことである。そういう子が泣くのには昔から、どこの国でも手を焼いてきたと思われる。

このごろでは、もっとやっかいなこどもがあらわれた。さわぎ立てるのである。

乗りものでも、となりに小さい子がいると、やれやれと思う。長距離の列車だと、居眠りもできなければ、本も読めない。親がついているが、なれているからか、知らん顔をしている。

このごろは小学校へ入ったこどもまで騒ぎまくって授業にならない学級崩壊が問題になっている。

〝こどもは泣くもの〟ではなく〝こどもは騒ぐもの〟である。

先日、ある店に入って食事をした。となりの席に小さな子をつれた若い夫婦がいる。それを見て、これは困った、と思ったが、席を変わるわけにはいかない。観念した。

ところが、この子が実におとなしい。決して声を出さない。ベビーカーに乗っているのだが、なにかおもちゃみたいなもので遊んでいる。ときどき母親が食べものを口に入れてやるとにこにこして食べる。すっかり感心した。

どうしたらこういう子が育つのかと思って帰ってきた。

朝顔や

朝顔につるべ取られてもらい水　　千代女

という句をひいて、つまらない句である、昔から有名だがどうしてそう評判がいいのかわからない、とある雑誌に書いた。

その雑誌の編集をしている俳人が電話をよこして、あの句は

朝顔やつるべとられてもらい水

であることが、十何年前かに判明した。しっかりした資料にもとづくものだ、という。この俳

人、千代女が好きなのだろう。それで弁護したのかもしれない。昔から、みんな、朝顔にで覚えてきた句を、いまごろになって、朝顔やだったといわれても、迷惑である。

朝おきてみたら、朝顔のつるべがまきついてないから、となりの水をもらいに行った、という句である。小学生のつくったのなら愛嬌だが、れっきとした俳人としてはいかにも、拙い。

風流でしょう？　と問いかけているみたいで厭味でさえある。

朝顔やに変えてみたところで、この句はいっこうによくならない。それどころか、ことばがおかしくなってしまう。

朝顔やと切れ字で切るとすると、〝つるべとられて〟と続かなくなり、つるべをとったのは泥棒かなんかになってしまうのである。

はじめは朝顔やだったかもしれないが、それではおかしいので、だれかが朝顔にに改めたのであろう。それをもとへもどしても手柄ではない。

おひとりさま

朝、喫茶店へ入ったら、女の人がひとりでコーヒーをのんでいる。見ると、あちらにもこちらにも同じような女客がいる。

以前は、ひとりでコーヒーをのむ女の人はほとんどいなかった。それがこのごろでは珍しくなくなっている。

どうも、若い女の人がタバコをすうようになってから、こういうひとり客がふえたようである。今朝もタバコ片手にコーヒーをすすっている人がいた。

かつては旅館を女ひとりで予約しようとすると、テイよく断われたものである。女のひとり客は歓迎されなかったのである。どういうわけかはわからないが、そうだった。

ところがだんだん、女性の社会進出がすすみ、旅行などもツアーはいや、ひとりで心のままの旅をしたいというひとがふえた。

レストランでも、かつては二人が普通だったが、このごろは女、ひとりで食事をするのがすこしもおかしくなくなった。たいてい、なかなかしゃれたものを食べているのである。

そういう女性の客のことを、業者は〝おひとりさま〟と呼んで大事にしている。消費不振のおり、女性はたいへんなお客である。〝おひとりさま〟の財布の中は男よりもたくさんお金が入っている。〝おひとりさま〟をねらわない手はない、というのである。

女性優位の時代の先端をいくのが〝おひとりさま〟。

中高年の趣味

このごろ、年をとってボケルのを恐れる人がふえてきた。ボケた本人はわからなくなってしまうからいい？　ようなものの、まわりが大変。そうならないようにとみんな考える。仕事以外、なんの趣味もないというような人がボケやすい、といわれて、あれこれの稽古や勉強を始める中高年がふえている。かつては考えられなかったことである。

ところで、中高年の人に人気のある趣味はなにか。総理府の調査によると、トップは園芸。五十歳以上の男女で、もっとも多くの人がしているのは園芸であるといわれて、すこし不思議な気がする。庭つきの家に住んでいる人なら別だが、マンション、アパートにいる人はどうして園芸をすることができるのか。よくわからないが、断然、人気がある。

第二位は読書だ、という。これも、ほんとかしらと思う。その割りに本が売れないからである。もっとも買わずに図書館の本を読むというてもある。三番目は美術。

ところで、ドイツの市民大学で行っている公開講座で中高年の人のいちばん多いのが語学だというからおもしろい。ついで、健康のための勉強だという。健康への関心は日本でも同じように高まっていて、テレビの健康番組は高視聴率をほこっている。

中高年の教養を高めるための機会がもっとほしい。園芸だけではたいした教養にならない。

記憶力

このあいだ、ひまなときに、個人的に知っている範囲ですばらしく頭の良い、秀才といわれる人が五人あるということを考えた。

そして、頭がいい、というのは、どういうことかをも思いめぐらした。

結論は、頭のいい人は記憶がいい、のだということになった。記憶のよくない秀才はいない。

五人のひとりは、二十年間に、飲み屋でちらりと会っただけの人の名前を覚えていて、当人をおどろかせた。

別のひとりは、手帳などいっさいなしですべての予定を一年さきまで、ちゃんと覚えていて、間違うことがない。

さらに別の人は、新聞を三分ぐらいにらんでいると、あとで、どこに、どういう記事があった。見出しは、こういう文句だったということをスラスラと言ってのける。

とにかく秀才はすごい記憶力がある。それだから、学校の勉強なんかなんでもない。試験には覚えていることを書けば満点になるのである。

どうしたら記憶力をよくすることができるのか。それとも生まれつきなのか。頭も記憶力もよくないこちらはいくら考えてもわからない。ただ、あきれるばかりだ。

そして、コンピューターと記憶の競争をしたら、どうかな、とちょっぴり、イジの悪いことを想像したりするのである。

選挙の本

出版社につとめている知り合いの人が来た。

「いそがしいですか」

「ええ、このところ急ぎの仕事が入ったものですから」

「急ぎというと？」

「選挙が近いのでしょう。それに向けての本です」

「選挙目当ての本って、どういうことですか」

「いや、総選挙が近くなると、政治家が、有権者にアピールするためのＰＲ出版をするのです。たいした分量はないのですが、とにかく急ぐと言われて……」

「どうせ、全部引き取ってくれるのでしょう」

「そうなんです。売る心配はしなくてもいいのですから、その点、楽なものです。会社はそれでうるおっているんじゃないですか。われわれには及びませんけれどもね」

「選挙公報拡大版といった本でしょうか。そういう本が選挙に有利にはたらくというのはおもしろい。酒をのませたり、旅行をさせたりするような選挙運動をするよりはましだ。有権者がそれだけ賢くなったということなら喜ばしいですね」

「著者からあまりうるさいことも言われませんし、本づくりは苦労しません」

「ただ、もらった人が、はたして、読みますかね。なにしろ本がよまれなくなったといわれる時代です」

「それは読まれないでしょう。すぐポイとすてられるでしょう。それを思うと空しいですが……」

こどものための教育

先日、京都で開かれた教育関係者の会合で、表記の演題で九〇分の講演をした。一般の人たちにも知って頂きたいので、その大筋を左記に要約する。

「いまの教育は〝大人の都合で〟行われています。先生が休むから土日はお休み。学力はおちるわけです。一日六時間しかいないのに全日制のような顔をしているのはおかしい。すべて定時制です。家庭という学校も定時制。普通の学校と家庭という学校が連携してはじめて全日制教育といえるでしょう。人間を育てるには、知育、徳育、体育のすべてをしなくてはいけないのに、いまは知育のみ。体育ちょっぴり、徳育ゼロ。これでは人を殺したり、ものをとったりするのが悪いということすら知らないこどもがあらわれても不思議ではない。日本のこどもは世界でもっとも悪いこどもになりつつあります。

こどものために家庭という学校をしっかりつくらなくてはいけないでしょう。先立つものは先生ですが、こどもが生まれてから勉強したのでは手遅れです。

生まれる前、妊娠したら育児の勉強をするのです。これをかりにマタニティ・スクールと呼びます。現代の胎教学校です。

ここで、こどものことをいろいろ勉強してもらいます。そうすれば、こどものための家庭教育がうまく行われるようになります。すばらしい子が育ちます。そういう学校をつくりましょう」

タダではない

小児科のお医者さんがこぼした。夜中にでんわ。こどもがおかしいという。きいてみると大したことはないから、ちょっとした指示をする。それで寝そびれて、アルコールをのむようになる。

それでいて、翌日、お礼に来る人がない、というのである。電話で話をきくくらいタダで当たり前と思っているのだろう。

ある人がアメリカで生活することになって、あるとき発熱した。知り合いになったドクターに電話をすると、風邪だろうから、解熱剤をのみあたたかくしていなさいと言われた。

数日するとドクターのところから、一〇〇ドルの請求書がとどいたからびっくりする。払わなくてはいけないのだろうか。これも知り合いの弁護士に電話できいた。

払わなくてはいけない、と言われて、払った。

すると、数日して、その弁護士からも一〇〇ドルの請求書が来た。先日のアドバイスに対するものである。

この人はタダだと思ったことに二〇〇ドル払うことになって、やはり日本がいいな、と思ったそうである。

日本人は、ものには代価を払うが、話や情報には金を出さない。話はタダだと思っている。そういう患者が多いから病院はやたらとクスリをくれる。医薬分業のはずなのに、たいていのお医者はクスリを出す。診察しただけでは金がとりにくいからである。アメリカは助言がタダではないから医薬分業ができる。

水のみ（一）

昔はいろいろ、いまとは違うことを言った。

たとえば、運動するときには水をのんではいけないと言われたものである。ところがいまは反対に、のまなくてはいけない、と教えられる。スポーツをしていて、水分が不足すると、熱中症とかにかかったりするというのである。

そのため、マラソンなどでは途中に何カ所も給水所ができている。選手はたいていそれをのむ。昔のマラソン選手は一度も給水なんかしたことがなかったのに、熱中症になったりしなかったのはなぜだろう。人間が違ったのか。

水を飲むことが大切だといわれて、ネコもシャクシも水を飲むようになった。

昔の貧しい、自分の田畑をもたない農家のことを水飲み百姓と呼んだ。いまの若い人はほとんど水飲み人間になっている。

流行である。流行の先端をいくのはいつも若い女性だから、若い女の人の水を飲んでいるのが目につく。

家の中ではどうだか知らないが、外では、大きなペットボトルに入った水を何度も何度も飲む。電車の中でも、カバンやリュックからボトルを出して、がぶのみする。あまりいい格好とはいえない。

先日、図書館の閲覧室で仕事をしていると、近くの席に来た女性が、二、三十分ごとに、ペットボトルを出して水をのんだ。図書館は飲食禁止だが、水は飲食には入らないのだろう。

肖　像

写真をとられるのが好きではない。とるといわれても、なるべくならおことわりしたいくらいだ。昔の人が、写真をとると寿命が短くなるといったのを、いくらかいまも信じているのかもしれない。

そういう人間だから、肖像画をかいてもらおうなどということは一度だって考えたことがない。それが、妙なめぐりあわせで、とうとうかかれることになってしまった。

中学の後輩で画家の男が古稀になって回顧展をする。その中の一点に私の肖像画を入れるというのである。

五月にスケッチと写真をとり、それをもとにしてかいた。二月の間、毎日のように筆を加えて、やっと先月末に完成した。

きのう、銀座の画廊でその個展はひらかれたから、自分の肖像画と対面しに出かけた。会場には何人もの知らない人がいて、その肖像画を見ている。自分もなにくわぬ顔で見ていたが、恥ずかしくなった。

画家をよび出し、あの画を外してくれないかとたのんだ。彼はちょっと困ったような顔をしたが、代わりの作品があるから、それととりかえようと言ってくれた。やれやれと胸をなでおろした。

荷造りされたわが肖像画はなかなか重かった
うちのものが見て、似ているところもあるが、似ていないところもある、という批評をのべた。

美田

「娘の不始末で知事をやめた人が同情？　されているといいますが……」

「子思うゆえに晩節を汚した気の毒な例です」

「知事は娘とは別人格だといって失笑を買いました。別人格なのにネコかわいがりにかわいがったのでしょうか」

「政治家はこどもを政治家にしたがってムリをします。それで二世、三世議員がごろごろしています。みっともない」

「三世議員のひとりが、自分の党をぶちこわす、と言って人気を博しました。世襲によって時めいているくせに、思い上がっていませんか」

「政治家だけじゃない。企業の経営者なども、すこしいい仕事をすると、わが子にあとをつがせたくなります。二世がまた出来がわるいから、社内がゴタゴタして、会社をダメにしてしまうこともすくなくありません」

「力も、たいしたカネもないくせに、一生あくせく働いて、こどもに財産を残そうとするのが人間です。そして、死ぬと、遺産をめぐって骨肉の争いがおこる。世襲させようとして赤恥をかくえらい人たちと五十歩百歩です」

「相続というのがいけません。人生、すべて一代かぎり。自分を美しく生きるのが、最大の功績だという社会にしたいですね」

「西郷隆盛は本当にえらかった。子孫のために美田を残さず、と言いました」

ケイタイ傘

梅雨で、毎日のように雨である。出かけるときには降っていなくても、帰りまでに降るかもしれない。そんなときは大きな傘でうるさいから、かばんにケイタイを入れる。このごろケイタイといえば電話のことになったが、われわれケイタイをもたない人間はケイタイといえば傘のことである。

ケイタイは便利である。かさばらないから、旅行に出るときには、たいていもって出る。ただひとつ難点は、しまうときが厄介なこと。すぼめても、傘立てに入れるわけにもいかない。くるくるまいて、ビニールの袋へ入れてかばんなどへ入れる。

ぬれたのを、ひだをそろえて、たたみ、袋に入れるのもひと苦労である。

それを思うから、すこし降ったくらいでは、ケイタイをひらかない。がまんしてぬれて歩く。

ケイタイは便利だが、扱いが面倒だ。そういう話をしたら、知り合いが、形状記憶のケイタイ傘があるという。形状記憶というのはきいたことがある。ワイシャツをこの生地でつくると、洗ったあとアイロンをかけなくても、しわひとつなく、もとの形に戻るらしい。

そういう生地を使ったケイタイなら、すぼめたとき、自然にもとの形に戻るだろう。これまでのような手間はかからない。奮発して、買ってみようか、と思っている。ただ、高そうなのがちょっと心配。

とられる

先日、中央線で松本へ行ってきた。

その車中、甲府をすぎたころに、前の前の席にいた老人がさわぎ出した。財布をとられた、というのである。この人、八王子で乗ったが、普通席がこんでいたのでグリーン車へ移り、その料金を払った。だから財布をもっていたのにしばらくすると、なくなっている。おとしたのかあたりをさがしたがない。

車掌もやってきてさがしたが出てこない。どうもスリにやられたらしいといった。まわりの乗客にもそれらしい人間はいなかったかと車掌がきいたが、だれも気づかない。それでも財布がなくなっている。よほど手練のスリ師だったのだろう。

こちらは画廊のはなし。友人が銀座の画廊で個展をひらいた。初日の夕方、オープニングのパーティがひらかれた。

このごろ画廊あらしが出没するという話をきいていた友人の画家は、親しい若い人にたのんで、見張りをしてもらっていたそうである。

それなのに、客の持ちものが、いくつかなくなったそうである。わたしもそのパーティに出ていたが、早く帰ったので、その難は知らなかった。あとで、実はこれこれといって知らせてきた。

やはりだれも気がつかなかったそうで、プロの仕わざだろう。

いろいろ物騒だと思ってすこしゆううつになった。

マタニティ

青少年犯罪が急増して、家庭のしつけが改めて問われている。

こどもが中学生くらいになると、もう親の言うことなどきかない。親もどうしてよいかわからないのである。

生まれてからではおそすぎる。生まれてくる前に、親、ことに母親は、親として学ぶことを学んでおかなくてはいけない。それを勉強するところが、マタニティ・スクール。

それを作らないといけない。私は、二十年前から、そう考え、そう書き、そう話してきた。ところが、ほとんど反響はなかった。一昨年になって、やっと群馬県の富岡市が、マタニティ・スクールをつくるといってきた。うれしかった。

数日前に、郷里の愛知県西尾市から広報紙が届いた。パラパラめくって見ていると、「マタニティ講座」(妊娠中の栄養コース)の参加者を募集しているのが目についた。

妊娠十六週以降の人に、一日、三時間の講話と実習があるらしい。定員は二十四人(先着順)となっている。一日だけ。

わたしの考えているマタニティ・スクールはもっとくわしい勉強をしてもらう。

生まれてくるこどもにどういうコトバを教えるか、母乳をどうやるか。離乳にはなにをたべさせるか。

病気にかかったらどうするか、小児科のお医者のはなしをきく。そういった小さな学校である。

童　謡

これをドウヨウと読めば幼稚園などの子のうたううたであるが、ワザウタと読むと、昔の人の考えた、世の中を批判し、その未来を予言する、作者不明のうたということになる。

昔はよくあったが、近代ではすくなくなったといわれる。大正の終わりに、

おれとお前は枯れすすみ　どうせふたりはこの世では……

というのが大流行し、ワザウタであると言われた。いかにも退廃的でなげやりな調子が、世相を象徴していたという人がいまもある。

昭和十九年ごろ、アメリカと戦争しているときにもやはり、ワザウタが流行した。女の子が、まりつきをするときにうたったのだが、いかにも不気味である。心ある人は、国の不幸な先行きに心いたませたといわれる、うたはこうである。

あんたがたどこさ

肥後さ

肥後どこさ

熊本さ

熊本どこさ
せんばさ
せんば山には狸がおってさ
それをりょうしが鉄砲でうってさ
煮てさ
焼いてさ
喰ってさ
それを木の葉でちょいとかぶせ

これが全部である。われわれのような老人はそれをよく覚えている。歌ってみるとたしかに気味がわるい。やはりワザウタだ。

白足袋

朝早く電車にのった。ガラガラにすいているのに、ドアのところに立っている人がいる。どうしてかけないのだろうか。

若い女性である。ふつうのかっこうではない。濃紺の稽古着に同色な袴をはいている。片手にひどく長いものをもっている。はじめ弓道の選手かと思ったが、そうではなくて、長刀である。人の背よりも高くて、もっては座席にすわれなくて立っているのであるとわかった。長身に、この稽古着がぴったりである。袴のすそから白足袋が顔をのぞかせている。紺の下からまっ白い足袋が見える。目のさめるような美しさである。ほれぼれながめた。

このごろは白足袋を見かけることがすくなくなった。和服の女性ははいているが、浅い色の着物の下だから引き立たない。こういう黒っぽいものの下から見える白足袋はたとえようもなく美しい。

昔、吉田茂という首相がうちでは和服で、いつも白足袋をはいているというので、白足袋宰相とからかわれたが、白足袋の美しさのわからない連中の誤解である。かつて男は足袋をはく人が多かったが、色の足袋は下品である。よごれを心配してしかたなく黒っぽい足袋をはいたのである。

車中の女性はこれから、どこか長刀の試合にでも行くのであろう。うしろ姿しか見えなかったが、美人にちがいないと思ってながめた。

ヒゲ

久しぶりに会った知人がヒゲを立てているので、びっくりした。まるで感じがちがうのである。

このごろヒゲをのばす人がすこしずつふえている。明治大正の人はヒゲを立てるのが普通だった。それが昭和に入るとへってきた。前の戦争のころヒゲをのばしている人はごく少なかった。

それが、ここ二十年くらいの間に、またのばす人がポツポツあらわれ出した。

私はヒゲをのばしたりしようと思ったことはない。ヒゲをのばさないとすると、ヒゲをそらなくてはならず、これがやっかいだから、私は、そらない。で、どうするのか。どうもしない。しかし、のびては見苦しいから、いちいち抜く。ヒゲ抜きはいつも手もとにある。

だいたい、ヒゲをかみそりでけずり取るのが、ひどく乱暴なことのように思われる。刈ったところですぐまたはえてくる。また、そる。毎日そらないといけない。根こそぎ抜けば根本的である。ひまがあると、ヒゲを抜く。家のものが悪いくせだと笑う。

内田百閒の随筆に、先生の漱石の書きほぐしの原稿をたくさんもらってきて、見ていると、ところどころにヒゲだか鼻毛だかしれないが、毛が植えてあるのが見られた、というところがあった。原稿を書きながら植えたものだろう。そういう漱石になんとも言えない親しみを覚える。

ヒゲを抜くのはたのしいものだ。

あんまき

昔の中学の五年間を寄宿舎ですごした。

寄宿舎もいいが、とにかく腹がへって困った。夜になると寄宿の生徒を目当てに屋台の夜なきソバではなく夜なきシナソバを売りにくる。抜け出してくら闇ですすったソバの味はたとえようもなくおいしかった。

ソバの屋台は毎日来ないし、高いからそんなにしばしば食べるわけにはいかない。

もっと手軽に、つまり安く腹をふくらませてくれるのがアンマキである。小麦粉を水でといて、熱した鉄板の上に流してのばす。それにアンをだかせて巻く。それだけの至極簡単なものである。五銭で二本。それで腹がふくれた。

毎晩のように、だれかが夜陰にまぎれてアンマキを買いに行く。みんながその生徒に金をわたして買ってきてもらうのである。

毎晩、四人の舎監の先生が交代で宿直するのだが、早々と寝てしまわれるから、ソバ食いやアンマキ買いが露見したことはなかった。いまにして思うと、先生方、知って知らぬふりをしておられたのかもしれない。

つい先日、その中学校の町へ行ったJRの駅をおりて改札を出ると、〝大あんまき〟というのぼりがはためいている。腹はへっていないが、昔なつかしいアンマキである。一本買って、近くの公園へ行って、ベンチでこっそり食べた。なんとなく何十年も昔の味がよみがえったようだった。

鬼の国

中国残留孤児の高齢化がすすんでいる。親から別れたときはこどもだったから孤児だが五十年たったいまは老人である。孤児といわれると妙な気がする。

仕事についていた人も、停年でやめる。年金がすくない。中国で働いた分は日本では考慮されないから、勤務年数がすくない。どうしても年金がすくなくなるのである。月五万円くらいにしかならないという。

これでは生きていかれない。仕事をさがしても、ことばが自由でないこともあって、仕事はない。あってもやとってくれない。

病気になっても、あらかじめ指定された病院しかいかれないという。通訳の問題があるのかもしれない。

近所ともつきあいがなくて孤立している人がすくなくない。一日中口をきいたことがないという老人もいる。

あまりにひどいというので、残留孤児たちが国を相手に集団訴訟にふみ切ったという。よくよくのことであろう。

それに関連したテレビの取材に対して、ある残留孤児の老人(男)がはき出すように、

「日本人は心が冷たい。鬼のような人が多い。日本は鬼の国だ。人の国ではない……」

と言ったことばをきいて心が重くなった。鬼というのはともかく、われわれはあたたかい心をすこししかもっていない。そういう反省をしてゆううつになった。

名　医

フランスのモンテーニュ『随想録』に

「しかめっつらの医者はよく治さない」

という名言があって、古来有名である。

実際、お医者はめったにいいことは言わない。口にするのはたいてい患者のいやがることだ。それで、つい医者にかかるのがおっくうで、手遅れになったりする。病院はこわいところだと思うようになるのも、お医者が叱ってばかりいるからだ。

先日、老人検診へ行った。このごろ老人といってはいけないとかで高齢者検診という。老人のどこがいけないのか、われわれ老人は老人といわれても平気。

検診は近所のかかりつけのところである。ここのお医者は見立てはいいが、あいそが悪い。ぶっきらぼうで、口がわるい。近所でもっぱら評判である。だからいつもいくらか覚悟して行くのである。

血圧をはかる。ここの血圧はよそよりいつも高い、と常連患者がボヤく。なにか言われるだろうなと構えていると、「血圧もいいようです」と言われるではないか。よかった、とホッとすると同時に、元気が出たような気がした。「血圧も……」の〝も〟がうれしい。(患者はそれくらいデリケートなもんですぞ、ドクター)

ふだんぶあいそなだけによけいにほめられたような気がして、足どりも軽く帰ってきた。

やはり、名医である。

赤い羽根

十月になると赤い羽根募金がある。

駅の入口などに学校の生徒が募金箱をもって立ち

「おねがいします」

と通る人に呼びかける。お金を入れると、胸に赤い羽根をつけてくれる。これがついていれば、もう、お願いします、とやられることはない。大手をふって関所？　を通ることができるのである。

実際、大きな声で募金を呼びかけられるのは、あまり気もちはよくない。赤い羽根のついた服をぬいで別な服を着て出るとき、羽根をつけかえないと、まだしていない人と見なされて、「お願いします」とやられる。

しかたがなく、また献金して、赤い羽根をつけてもらう。そういうことを二度も三度もすると、うるさいと思うようになる。

いたずら好きのある友人がこんな話をした。

赤い羽根の関所を知らん顔で通る方法を発見した。もちろん、赤い羽根なんかつけていないが、胸の辺りをゆびさして、ついているぞ、という仕草をするのだそうだ。そうすると、生徒たちがびっくりする。羽根がついていないのに、あの人、つけているつもりでいる。おかしい。へんな人ね、などとお互いにこそこそやる。そのすきに、さっさと通り抜ける、というわけだそうだ。

同じところでも毎日、生徒が変わるから、何度でも同じ手を使うことができるといって、この友人は明るく笑った。

糸をひく

養蚕のさかんな土地で育ったから桑畑がなつかしい。

先日(平成十五年十月四日)NHKテレビの〝小さな旅〟で群馬県の松井田町の紹介があったが、まずはじめに、青々とした桑畑の画面に吸いつけられた。あの中で、桑の実をとって食べたことを思い出した。紫色の実で食べると口が青くなる。なかなか消えない。学校で先生から食べるなと言ったのに食べた、と叱られたものだ。

松井田町にはいまも養蚕をしている農家がある。とれたマユを生糸にする工場もある。いまは珍しいそうだ。

養蚕のことはよく知っているように思っていたが、マユから糸をひくところを見たことはない。近くに製糸工場があって、女工さんがたくさんいたが、どういうことをして生糸をつくるのか、見たことはなかったのである。

松井田の製糸工場で、去年から働いているという二人の若い女性が紹介された。二人はほかの仕事をふって糸をひく仕事を希望したのだということであった。これもいまどき珍しい。

その人たちが、マユから糸をひいてつむいでいくところを画面で見た。手さばきがみごとで、手品を見ているようで、見とれたかったのに、カメラはさっさとほかのシーンへ移ってしまった。

ああいうふうにして、マユから生糸ができるのか。この年になってはじめて見て感動した。

マニフェスト

ニュースによると、民主党がマニフェストを掲げようと自民党によびかけているが、自民党は及び腰だそうである。

及び腰になるのが良識である。公約といえばいいところを、これまでさんざん公約違反だと国民に言われて、公約のイメージはよくない。それでさけた。

ふつうの人のきいたこともないマニフェストならそういう先入観がなくてよいと、いうのが、民主党なのであろう。マニフェストで有権者を煙にまこうという魂胆がよろしくない。バカにされているのだから、国民はおこらなくてはいけないところである。もっとわかりやすいことばでわかりやすい政治をしてくれと注文をつけるのだ。マニフェストはもともと〝わかりやすい〟という意味をもっている。

日本人は外来語、カタカナ語によわい。ことに女性がそうで、婦人用品、化粧品などはカタカナがあふれている。マニフェストもそういう弱味につけこんだものだろう。

日本はりっぱな独立国である。わけもなく、外来語をふりまわすのはたいへんな悪趣味である。新しいことを言いたかったら、ことばを考えたらいい。外国のまねなどみっともない。その程度のプライドもないのであろうか。

マニフェストは共産党宣言の宣言にあることばでいまどき、少々時代錯誤ですらあります。

〇ん〇ん

日本道路公団の藤井治芳総裁が石原伸晃国土交通大臣の事実上の辞職勧告案をけったというのでさわぎになった。

われわれ庶民にとっては、辞めようが辞めまいが、大した問題ではないが、変なことを言ったから、茶の間で話題にした。

藤井氏は大臣に会ったあと記者団に対して、自分は薩摩の人間だから「地位には○ん○んとする人間ではない」とたんかを切った。

テレビを見ていたうちのものは〝めんめん〟ときいたという。それなら〝綿々〟である。つづくというイミではあるが、この場合は不適当。わたしは〝れんれん〟(恋々)でなくてはいけないが、総裁は発音がわるいのか、入れ歯がわるいのか、めんめんときこえたのだと反対した。

あとでやはり記者にかこまれた石原大臣が、本人は地位に〝れんめん〟としない、と言っていると言った。〝れんめん〟なら連綿である。やはり、いつまでもつづく意味だが、ちがう。やはり、れんれん、恋々、「未練があって思い切れないさま」でなくてはいけない。「地位に恋々とする人間ではない」——これなら格の正しい日本語である。

こんなことばもわからずに、大臣や総裁になれるのだから〝ことだまのさきわう国〟といわれた日本も落ちたものである。学力が低下しているのはこどもだけではない。

クリ

クリの季節である。クリ(九里)より(四里)うすい十三里(イモ)、などというが、クリは秋の味覚として欠かせないものだ。

ただ食べるのが面倒。かたい皮をかぶっていて、むくのが容易ではない。ヘタをするとケガをする。

焼くと爆発して始末がわるい。どうして食べたらいいのか、わからないまま、あれこれ試みた結果、いまの食べ方におちついた。

クリをむし器でむす。うでると甘味がにげるような気がする。むしたクリをナイフか包丁で半分に切って割る。それを小さなスプーンですくって、しゃくってたべる。こぼれるが、こうすれば、いくらでもたべられる。この方法にしてからもう何年にもなる。

きょう四国の知り合いから手紙をもらった。風評のあと、つけ足しに、クリの食べ方が書いてある。

「ガスコンロの上に魚を焼く網をしき、クリをならべて、上からフライパンをかぶせます。いせいよくパンパンとはじけて、飛び散りますが、この食べ方がいちばんおいしいと思います。

焼きグリはわが家の年中行事です」

フライパンの上で焼いたことはあるが、フライパンをかぶせるというのははじめてきく。やってみようかという気になった。

そして、世間のみなさんはどうしてクリを食べているのか、とよく思うことをまた思った。うまい食べ方があったら教えてほしい。

年金

国民年金があぶないという。どうしてかというと、保険料を払わない人がこの一年で急にふえた。不払者の率が三七%、三人に一人以上になった、というからただごとではない。

不景気だ、リストラされた、金がない、など、払わない人の理由はさまざまであるが、要するに、払う気持ちがしっかりしていないから、口実をもうけて、不払いをきめこむのである。このごろ日本人は心がいやしくなったのだろう。保険ではないが、ローンで金を借りて、返さない利用者が、やはり近ごろ急増して、ローン業者たちは困っている。借りておいて返さないで平気でいる人がすくなくないらしい。

国民年金では不払いの人に払わせる対策をいろいろ考えている。そのひとつ、払えない人はしかたがない。預金などがあって払える人は、その預金を差し押さえるという案があるそうだ。そんなことがかんたんに出来ると思っているのがお役所仕事である。預金のあるなしはどうして調べるのか、現金で持っているのならわからないではないか。へたをすれば入る保険料よりも徴収の費用の方がかさんでしまうだろう。

簡単で明解な方法は、保険料を払わない人は、保険を停止、将来も給付しない、あるいは、支給をへらす。そうすれば、ほっておいても払うようになる。心掛けのいい人が損をし、ずるい人が得をするのを許してはいけない。

親より高い

マチ中や電車の中で、母親と娘がならんで立っているのを見ると、きまって、娘の方が母親より背が高い。ほとんどその逆はない。

こういうことが次の世代でもつづいたら、日本人はたいへん背の高い民族になるだろう。

そういった意味のことを夏目漱石のお弟子で物理学者というよりむしろエッセイストとして知られた寺田寅彦が随筆に書いている。昭和のはじめ、七十年以上も昔のことである。

いまその寺田寅彦の予言が的中して、みんな背が高い。これから五十年後はもっとノッポになっているだろうか。

高いといえば、いまの若い女性の声がひどく高い。母親といっしょにいる娘の声はつねに、母親を圧倒する大声を出す。これは寅彦の知らなかったことである。

背の高いのは一向にさしつかえないが、声の高いの、大きいのはありがたくない。つねづねうるさいと思っている。これからどんどん大声になっていったら、どうしようと思いかけて、それまで生きているつもりかよ、と反省、ひとり苦笑した。

それに、このごろの若い女性は歩き方がはやい。道を歩いていると、どんどん追い抜かれる。そんなにはやそうに見えないのに、さっさと歩く。

うしろ姿を見ると、脚が美しい。昔はこういう曲線美の女性はすくなかった。もっとも着物を着ていれば見えないが……。

CT

「ひとつC・Tをとりましょう」

毎月みてもらっているかかりつけのドクターがことなげに言う。こちらはぎくりとする。なにか悪い病気のきざしでもあるのだろうか。きくのも遠慮である。CTとはなんだ。帰ってきて、ＣＴとはなんだろうとしらべた。きいたことはあるが、それで受診したことはもちろんない。

辞書によると――

「Ｘ線装置とコンピューターを組み合わせた医療機器。Ｘ線を三六〇度回転しながら照射し人体の横断面を撮影、各方面からの像をそのコンピューターで処理してその平面像を得る。Ｘ線のほか、粒子線・超音波などを用いたものもある。イギリスのハウンズフィールド、アメリカのコーマックが開発。ＣＴ・ＣＴスキャナー」

わからないが、とにかくたいへんな機械らしい。

その検査をきょう受けてきた。ドクターはなにも言わなかったが、家のものの言うところでは、なんでも高価な機械だそうで、検査料もたいへんらしい、と言うから、思いきってたくさんのお金をもって出かけた。金が足りなくて払えない、なんてことになってはことだ。

びくびくしていたが、メガネとネクタイだけ外してくれといわれ、ベッドに横になると、筒のようなものの中へ引きこまれ、息をすってじっとする。それを二度して終わり。二分もかからないで終わり。

心配した検査料は三千六百円だった。

倹約

このごろ倹約ということをさっぱり言わなくなった。みんなほしいものをどんどん買う。消費は美徳だと本当に思っているらしい。

こどものくせにぜいたくである。ほしいものがいっぱいあるが、お金には限りがある。その金がほしくてよからぬことをする若ものがふえている。倹約を教えなくてはいけない。

三洋電機の会長井植敏氏の自伝が日本経済新聞紙上で進行中である。その中で松下幸之助氏夫人むめの伯母さんの話が出てくる。井植敏氏の母親は幸之助夫人の妹だから、伯母さんに当たる。(逆に姉だったら叔母さんである。この区別、いまやなし)

敏少年が、正月のお年玉をもらって歩くが、松下家が親戚中でいちばんすくない。あるとき、思いきってそういうと、伯母さんがこう言ったそうである。

「いっぱいあげてもええで。けど、あんたのためになりまへん。……お金いうもんはな、たくさん持ったらつい気軽に使ってしまう。子どものうちからそんなくせつけてみ、伯母さんの責任やいわれるわ。始末しなはれや」

少年には、倹約のおしえのわかるわけがなく「どこよりも大きな家なのに、ここがいちばんすくない」ところから、「私(敏少年)から見れば(伯母さん)はケチだった」と書いている。

倹約はもちろんケチとはちがう。そういえば始末ということばも消えた。

けしからん話

うちの近くに消防署が出来たが、消防自動車の出動はそれほど多くない。それよりおそくなってから救急車がときどき変な音をさせて出ていく。どこでなにがあったのだろうか、と不安になる。

いま日本中にある救急車は五千五百台あまりで、年間出動回数は四四五万回にのぼる。六秒に一回、日本のどこかで救急車が出動している勘定である。

うちでは救急車を呼んだことはない。かつて年寄りが急におかしくなったときも、救急車をよぶなどということは考えないで、知り合いのお医者に往診してもらった。

ところが、さきごろ、こんな話をきいた。

病気にかかって、病院へ行くと、たいてい、何時間も待たされる。そして、診察の時間は二、三分である。バカバカしいから、救急車を呼ぶのだそうだ。

そうすると、病院へつくなり待っているほかの患者をほったらかしにして、すぐ治療してくれる。待つ時間がなくて助かる。そういう考えで救急車を呼ぶ不心得ものが、ときどきある、というからあきれた。

救急車は、そんなためにあるのではないことはこどもだって知っている。悪用である。けしからん話だ。そんな人間がいるとは情けない。

そういう話をきいたせいか、このごろ近くの消防署から走り出していく救急車を見てもそれほどに思わなくなった。

一休さん

こどものころ、世の中でいちばん頭のいいのは一休さんだと思っていた。頓知ばなしをきかされたからである。

村の人が一休さんを困らせてやろう、と橋に立札を立てた。

――この橋わたるべからず、ところが一休さんは平気でわたった。制札があるのになぜ？

ときかれて一休さん

「ハシはわたらん、マンナカを通った」

とやって相手をへこましたなどというのはもっとも愉快だった。

しかし、こういう頓知ばなしはたいてい後世の人がつくったものだという。しかし一休さんはおもしろい人で、ひとの考えないことを考え、言わないことを平気でいうところがあった。お坊さんのくせに　釈迦といういたずらものが世に出でて　多くのものを迷わすかななどという歌をつくった。釈迦といえば仏教の元祖である。それをいたずらものと呼ぶ。ふつうの僧侶ではない。ふつうだったら大問題になるところだが、とがめるものもなかったのか。人徳というものだろう。

嘘をつき地獄に落つるものならばなき事をつくる釈迦いかがせん

宗教ではいろいろたとえ話をするが、つくり話。それがなき事である。お釈迦さんも、さかんにうその話をした。地獄へ落ちなければいかんだろう、というのだから人を喰っている。

井戸の鯉

茨城県の神栖町の一部の地区で住民の健康障害が多発して騒ぎとなった。

原因が飲み水に毒物が含まれている疑いが濃くなりしらべたところヒ素が検出されて大問題となった。この地区は水道がないのだろうか、どの家も井戸水を使っているという。

どうしてそんな猛毒が埋まっていたのかが調査されて、戦争中に軍の施設があったから、そこのものが埋まったのだということになった。

住民は知らずに毒入りの水を飲んでいたことになり、どんなにびっくりしたことだろう。腹を立てて国を訴えるといっている人たちもすくなくない。

かつての農村では水道などなくて、どこの家も井戸を使っていた。その井戸はふたもなく吹きざらしがふつうだった。ずいぶんのんきだったのである。

しかし、用心もした。井戸の中へ鯉を入れた。もし井戸の水がおかしかったらまず、鯉が浮く。そうしたら、その水は使うことができないことがはっきりする。鯉に毒見をさせていたことになる。

その話をきいて、ずいぶん勝手なことをする。鯉がかわいそうではないか、と思ったものである。しかしこんどの神栖町のような被害を考えると、昔の人は、やはり用心深かったのだと思いなおすようになった。

井戸の鯉は大きくなると食べたようである。

ぬれ落葉

朝、前の通りをはいて掃除する。うちの庭の木が道路に枝を張り出していて、それが葉をおとす。風のふいたあととか、雨のあとはどっさり落ちている。

集めた落葉は、みかんの根のところへもっていく。こやしにするのである。

落葉樹は自分の葉を足もとへ散らすことができるが、みかんのような常緑樹はそうはいかないから、もっていってやる。

落葉に雨がかかる。ぬれ落葉である。やがてくさって腐葉土になる。堆肥の一種で、自然の用意するすばらしい肥料である。それで落葉はゴミ扱いはしない。ぬれ落葉ははき集めるのがやっかいだが大切に扱う。

戦後、家庭内で、男の力が低く、それにひきかえて女の地位があがった。仕事をはなれた男は、あからさまに女性からきらわれるようになった。

つとめに出ないで、うちでゴロゴロしている亭主を呼ぶにことかいて、〝ぬれ落葉〟と言う。これがたちまち広まって、全国的に聞かれるようになった。

ぬれ落葉をよく知らぬような人まで尻馬にのって、亭主のことを、ぬれ落葉と呼ぶのである。男は意気地なく、ぬれ落葉を演じる。あわれである。

そういう家族に教える。ぬれ落葉は自然の大理である。おろそかにしては天バツがあたる。男はそういって胸をはっていればいい。

白

大病院へ行くと白衣をきたお医者さんと看護師さんがたくさんいて、なんとなくひきしまった気持ちになる。白衣は美しい。ひそかにそう思っている患者はすくなくないだろう。

病院で血圧をはかると、うちではかったときより高い。それは白衣の人たちにかこまれて緊張するからで、こういう血圧の高さを白衣高血圧症だと冗談に言うらしい。案外、患者は白衣に興奮しているのであろう。それなら血圧は高くなる。

白衣だけでなく、このごろ白い服を着る女性がふえてきたように思われる。白は汚れやすいといってかつてはきらわれたものだが、このごろは上から下までまっ白の服装をしているひとがふえた。白が流行しているのである。

新しく建つビルも白が多い。まっ白でなくても白っぽいのが目立つ。クルマもそうで、白いのが多い。シルバーも白の仲間にすれば、半分以上が、白っぽいクルマだ。きくところによると、下取りでも白の方が値がいいとか。

先ごろ、白装束の宗教団体がうろうろして話題になったが、お坊さんも、白い法衣がいちばんよく似合う。宗教は白かさもなければ黒を用いる。そしてわずかに赤がある。

ウエディング・ドレスを白以外の色にするのはどんなはね上がりでも考えまい。白は美しい。

明けぼのや白魚白きこと一寸　　芭蕉

男のにげ場

昔は「女三界に家なし」つまり、どこにも安住の場所がない、といったものである。ところが、このごろは逆転、男のいる場所がない。ことに、停年で仕事をやめた人間は、切実にそれを感じる。

近くに図書館があれば、朝から出かける。読む本とてないから新聞や週刊誌を熟読する。そういう仲間が何人もいるから心づよい。うちにいるよりどれだけましだかわからない。公園のベンチで寝ころがっているより快適だ。

イギリス人は生活の達人が多い。二百年も前に、こういう男のにげ場をこしらえた。一日いられる。ときにはとまることもできる。クラブである。なにもしなくていい、してもよい。とにかく細君からがみがみ言われなくてすむ。クラブへは女性は一歩も足をふみ込むことができない。ネコでもメスはダメというほど。

あるクラブへ電話がかかってきた。

「うちの夫はそちらにいるでしょうか」

電話をうけたクラブの係員がこたえた。

「いいえ、おくさま、おみえになってはいらっしゃいません」

夫人がはらを立てて、言った。

「どうしてわかるんですか。まだ名前も言っていないのに」

「いいえ、奥様が電話されたとき、ご主人はどなたもいらっしゃらないことになっておりますので」

ドルと円

このところ円高がすすんで、いま百十円をわったところ。先月は百二十円くらいだったから、ひと月で十円の円高である。（これを円安とまちがえる人はなくなった、かってはあった）日本人は外国為替によわい。スイスの主婦は買いものかごをもって銀行へ立ちより外貨を買って、差益をかせぐという話をきいてびっくりする。

固定為替相場制が変動為替相場制へ切り替わったのは四十年ほど前だが、そのとき日本銀行のしたことは世界のもの笑いになった。しかし、日本人でそれを批判するものはなかった。それくらい無知である。

それなのに、外債を買わされて損をする人がすくなくない。外国の株式などもよほどの為替のことがよくわかっていないと、まず損するにきまっている。それを無知な客にすすめる業者はけしからん。

しかし、だんだん、外国の通貨というものがわかってきた。日常の会話でも、円高・円安が話題になったりする。

先日、仲間の数人が集まった。ひとりがイギリスへ行くという。別の男がいう。いまは円が高いからいい。そのうち一ドルが百円くらいになるかもしれない。そうすれば一万円で百ドル、五十万円あれば五千ドル買える、という。

はじめの男がイギリスへ行くのだからというと、イギリスだってドルをもっていった方が得だ、と外国通のその男がアドバイスした。

友人

「徒然草」(一一七段)に「よき友三つあり。一つにはものくるる友。二つには医師(くすし)。三つには知恵ある友」という有名な箇所がある。あとの方の二つには縁がないが、ものをくれる友は何人もある。そのひとりと九月中ごろに会った。中学の同級生である。農業をしている。ことしも新米を送ってやると言った。

心待ちにしているがなかなかこない。すぐにも送るようなことを言ったのにおかしい。家のものとそんなことを話し合ったりした。

一カ月たってもなんの沙汰もない。てっきりこれは倒れたのだと思った。しかし、元気かときいてやるのも、いかにもお米の催促のようでおもしろくない。がまんして待つほかない。

数日前に、この友人の夢を見た。どういう夢か忘れたが、これは何かある。ことによったら、入院でもしているのかもしれない。ひょっとすると……と不吉なことまで頭をかすめる。

思い切ってはがきを書いた。ゆうべ夢を見た。つかれたように見えたから、さめてから心配している。元気か、とたずねる。もちろん、米のことなどおくびにも出さない。

その翌日、この友人から電話。はじめからしきりに感謝している。それほど思ってもらってありがたい、とかなんとか。米のことはひとこともなかった。

われわれはお互い、そういう年になっているのだ。

ネコとハト

ネコがきておしっこをして困る、というので、そのあたりに、ペットボトルのあき瓶をずらりと並べているうちが近所にある。

やはり効果があって、ネコはよりつかなくなったそうである。ネコにペットボトルというものが何だかわからない。遺伝的情報にもない。それでこわがるのであろう。これから何代も先のネコは、あれはただの瓶であることを見破って、おそれなくなるかもしれない。

公園でハトにパンくずをやっている人がいる。たくさんのハトが集まってきて、うれしそうに、パンをついばむ。

これでおしまい、というとき、包みのビニールを丸める。高い音がする。すると、ハトはいっせいに飛び立つのである。

なぜだろうか。不思議だから、それから、いつも注意していると、あの音がハトはこわいのだということがわかった。

すこし高い音ではあるが、そんな大きな音がするわけではない。それをあんなにこわがるのは、やはりハトが生まれつき教わっている音とちがう音だからであろう。五十年前のハトの知らなかった音だから、その後、ひ孫のハトはビニールがくしゃくしゃになるとき立てる音を、あんなに大げさにおどろき、こわがるのであろう。

人間にも似たようなことがおこっているのかもしれない。

飲酒運転

昔、中学校で教えた生徒のひとりに会った。もう六十八歳の老生徒である。ゴルフに夢中だそうだ。それはいいが、先日、飲酒運転でつかまったという。前の晩に大酒を飲んだから風呂に入って寝た。早朝もう大丈夫と思ってゴルフ場へ飛ばしていてスピード違反でつかまり、検査でアルコール反応が出て、飲酒運転となった。

罰金三十万円のところ初めてだったからというので二十万円にまけてもらったが、もちろんはじめてではなく、つかまったのがはじめてであるにすぎないと彼は笑った。

いつもはどうしてのがれているかという秘密を明かした。息をハナから吸って、そのまま口から出す。体の中から出る息ではないからもちろん、アルコール分はふくんでいない息である。これをうまくやると、多少飲んでいても、パスする。もちろん、口はよくうがいしてアルコールが残っていないようにしておかないといけないそうだ。

彼はこの手でこれまでまぬがれてきたから、多少大胆になっていたらしい。それでこんどひどい目にあった。

車を運転したことがないから交通違反の罰金がそんなに高いものだとは知らなかった。しかし、悪い癖をなおすには、それくらいのお灸が必要だろう。

自他ともに危険だから飲酒運転は絶対いけないよ、旧教師は旧生徒に訓戒を与えたのである。

落柿舎

京都の嵯峨、嵐山に近く向井去来の別宅、落柿舎がある。俳句ゆかりの名所で、いまも訪れる人が多い。修学旅行のコースにもくみこまれている。

名前の由来がおもしろい。去来がいたころ、ここには大きな裏庭があって、たくさんの柿の木があり、よく実をつけた。

ある秋、京の商人が、この柿を全部買うことになって、代金として一貫(一文銭一〇〇〇枚)を庵主に払って帰った。

ところがその夜中、ボトボト落ちた。朝、枝にとどまっているものわずかであった。柿を引きとりにきた京の商人が、長いことこの商売をしているが、こんなことははじめて、きのうの代金はお返し頂きたいと願って金をもらって帰っていったという。それでこのわび住居が落柿舎になったというわけである。

この秋(平成十五年)、九月の中ごろ、向井去来先生三百年記念祭というのがおこなわれて、去来をしのぶ人たちがあつまった。

いまはもう敷地も小さくなっているから、柿を売るようなことはできないが、入口のところで、絵はがきなどを売っている。

戦後、荒れるにまかせていたのを保田与重郎、工藤芝蘭子などの努力で再建された。先日、いのししが庭を通って垣根をこわしたそうだ。

庭に句碑が立っている。

柿ぬしや梢はちかきあらし山　　去来

庭師

このごろはどうか知らないが、かつて、小中学校の女の子に将来なりたいものをきくと、花屋さんに人気があった。

中高年の人たちの間で、庭師になりたいという人がふえ始めたのも、そう昔のことではない。

知り合いのSさんは願いかない庭師になって、三年目である。銀行でいいところまでいったという話だが、停年で退職。勉強して、庭師の資格を得た。いま二級だという。

どれくらいの収入になるのか、きいてみた。

「一日、一万二千円もらっています」という。なかなかなものではないか、という顔をこちらがしたのであろう。急いで、「毎日、仕事のできるわけではありませんから」とつけ加えた。休みの日、雨の日、それに季節によっては、まるで仕事のないこともある。

こちらは頭の中で計算した。（月に十五日仕事をするとして十八万円になる。年金の足しには充分である）

経験が増すごとに、一年につき時給で何百円か上がるのもたのしみだとこのおやじさんは言う。

彼は若いときから植物が好きだったそうで、年をとって、庭の手入れを仕事にできるとは思ってもいなかった。幸福だという。

きいていて、ついつり込まれて、こちらも庭木の手入れがしてみたくなった。

修学旅行

東海道新幹線の品川駅ができ十月一日からダイヤが大幅改正になった。それからはじめての〝のぞみ〟に乗った。これまで一時間に五、六本あった〝ひかり〟が二本にへり、二、三本だった〝のぞみ〟が六、七本にふえて、のぞみ新幹線になった。飛行機と競争するつもりらしいが、一般乗客はむしろありがたくない改正である。それでも季節柄かグリーン車もほとんど満席だったのにはおどろいた。

神戸へ着いて、ホテルにとまった。はじめのころだったが、フランス資本のホテルだとかでなかなかしゃれている。

どこかの修学旅行が入っているそうで、ツインをシングル料金でとめるという。それはありがたい。修学旅行のおかげだと思った。

生徒がさわがしいだろうと思ったが、どこかの私立女子中学校らしいが、おおむね行儀はよろしい。さわぎまわるこどももいない。

ただ、エレベーターの乗り方がわるい。中で大騒ぎでしゃべるのがうるさかった。学校はそれくらいのことはあらかじめ注意しておくべきだろう。もっとも、そういうマナーを知らない先生の生徒かもしれない。

それより、こんないいホテルで修学旅行をするというのが、こどもにとっていいことか、悪いことは、学校は考えているのだろうかと思った。ぜいたくは若いものにとってよろしくない。

マメ

仕事があって山形の北、最上地方へ行った。帰りにみやげを買う時になって、送ってきた土地の人に、どこかでマメは買えないか、ときいた。ずいぶん妙なものをほしがるという顔をして、もうすこし早ければよかった。いまはもうないという。そんなバカな、この人、勘違いしているのだとわかった。ダダチャ豆、枝豆をほしがっているのだと誤解している。

こちらは、乾燥したマメを求めている。

やっとわかって、それらしいところへつれて行ってくれる。あるワあるワ、いろいろの豆がどっさり並んでいる。目うつりして、どれを買ったらいいか、迷うほどである。

まず、白いんげん(というのだろう)、それに小豆とキントキと大豆を買ったら二キロになった。二千円だった。安いからうれしくなる。当分、たのしめると思ったら、重いのも忘れるほどであった。

もともと大のマメ好きである。マメと名のつくものならなんでも喜んで食べる。近年、マメは健康によい、といわれるようになってマメ党は大いに気をよくしている。

ところが都会の人間はマメが好きでないらしく、マメを売るところが少ない。たまにあると目の玉が飛び出すほど高い。マメ党はありがたくない。

それで、地方へ行くと、まず、マメはあるか、ときく。あとで笑われているだろう。

年金サギ

ある日突然、とんでもない郵便が届く。

あなたは公的年金をもらいすぎている。返還しないといけない。金、一一、五三五円を三日以内に、下記へ郵便で送金しなさい。

返還しないと、以後、年金が停止されるし、裁判によって、あなたの財産をさし押さえることになる……といった、おどろおどろしいことが書いてある。

まるで身に覚えのないことである。どうして、ヤブから棒に、三日以内に金を返さなくてはいけないのか。そもそもどうしてきいたこともない協会へ送金するのか。おかしいことはいくらでもあるけれども、気の弱くなっているお年寄りである。

あと年金がとめられたり、財産をさしおさえられたらそれこそ大変。よくはわからないが、とにかく送っておこう。そういう人がすくなくないらしい。すでに相当の人が実害にあっているという。

ある人は警察に相談したが、そんなことは扱わないとことわられたそうだ。頼りにならない警察だ。

それにしても、年金以外は収入のないお年寄りから、金をまきあげるのはなんともひどい人間である。腹が立ってしようがない。

このごろ、係をよそおって、電話でオレ、オレと言ってお年寄りから金をだましとる手口が広がっているが、こちらの方がまだかわいいところがある。世は末である、まったく。

手　習

このところ毎日、手習をしている。もともと字がへただが、目を悪くして以来いっそうひどい字になった。

ところが色紙をたくさん書かなくてはならなくなった。今月の末に、昔教えた学生たちが私のために会をしてくれる。それはいいが、めいめいに色紙を頂戴したい。二カ月も前にそう申し入れてきた。断わるのもしゃくだが、この無様な字を書いて渡すのもいやだ。すこしでもましな字を書くには手習をすればいいと思いついて、さっそく実行にとりかかったというわけである。

スミをすって、半紙に大きな字を書くと、気分がよろしい。心持がおちつく。たのしいものだと思うようになる。色紙のことなど、どうでもよい。一種の修養として筆で字を書くことをこれからもつづけていきたいと考えるようになった。

考えてみると、こどものときから、筆で字を書くのはきらいではなかった。先生について個人教授を受けたこともある。どうも根気がないのだろう。長つづきしない。それで一生のあいだ、自分の字を恥じながら生きてきた。すこしあわれである。

毎日、稽古してみると、筆で字を書くのは、実にたのしいことがわかる。

〝六十の手習〟ということばがある。私は今月(十一月)、八十歳になる。〝八十の手習〟だといって家のものからわらわれている。

五十音

知り合いの老夫婦に斎藤こずゑさんという人がいる。この人は、自分の名前を正しく書いてもらえないといって年来、悩んでいる。

こずゑはこずえではないが、若い人はゑという字を知らないから、るいと書いたりする。ワープロやコンピューターもゑの字を教えられていない？　らしく、これを出すのはひと苦労である。

人名をならべるとき、五十音というのが普通であるが、本当に五十音あるかどうかたしかめる人はすくない。五十音はない。四十六音しかないのである。

たしかに、昔は五十あった。それどころか、五十音ではなく〝ん〟の字が入って五十一音だった。それを五十音といっていた。

戦後になって、

や(い)ゆ(え)よ

わ(ゐ)(う)(ゑ)を

の二行のカッコの字がきえてしまった。五音へるから〝ん〟を入れても四十六音にしかならない。

古くは、五十音が全部そろっていたのである。それが仮名づかいの変化とともにへってきて、この始末になった。それなのに、平気で五十音などといっているのだからのんきなものである。

小学生なども不思議に思わないのだろうか。

五十音ないのに五十音というのに気がさすのか、「アイウエオ順」というのもある。そのアイウエオが終わりの方で崩れているのだ。

不　朽

中曽根元首相が小泉首相から退陣を求められて激怒、いったんは拒否したのが話題になった。小泉首相のやり方がひどい、拙劣で非礼であるというのと、いい年をして、いつまでも地位に恋々とするのは、どこかの公団の総裁じゃあるまいし、見苦しいという批判が入りまじってにぎやかだった。

そして、中曽根氏が、いまフランス語の会話の勉強をしているという話が伝わったのである。英会話は卒業したから、いまはテープでフランス語の会話を稽古をしているというのである。

いま八十五歳である。それで外国語の勉強。その心事、まことに壮である。ことば、外国語の練習は年齢が低いほど上達が早い。大人はこどもにとてもかなわない。年をとってからでは覚えるより忘れる方が早いのである。高齢者にはもっとも不向きな勉強である。それにあえて挑戦するのは、期するところがあるのだろう。その心意気はりっぱである。世の老人族、大いに見ならうべきである。

江戸時代の儒者、佐藤一斎が『言志晩録』で、

「少くして学べばすなわち壮にして為すあり。壮にして学べばすなわち老いて衰えず。老いて学べばすなわち老いて朽ちず」

とのべている。

年をとってから勉強するならば、その名は不朽である。中曽根元首相、永世議員ではなくても、その名の朽ちることはない。

かね尺

かね尺といっても若い人にはわからない。かつて大工さんのもっていたものさしである。直角にまがっているから曲尺と書くが、金属でできているから、かねじゃくと言った。一尺の長さは三〇・三センチ。ほかに布地の長さをはかるのにもちいた鯨尺というのがあった。こちらは一尺が三七・八七センチと長い。

どちらも昭和三十三年の尺貫法廃止令によって使われなくなった。使うと法律違反になる。

これが職人たちには大きな打撃になった。建物をつくるのは長年、曲尺によっていたのに、メートル尺に変えろといわれたのだから、途方にくれたに違いない。お役所はそんなことにか

まってはいなかった。

ものづくりにたいへんな支障がおこった。ものが作れなくなってしまった。たとえば、和船。いま日本で和船をつくれる船大工はひとりもいなくて、アメリカのどこかに、アメリカ人がひとり造っているという話である。和船がほしかったら、アメリカから輸入しなくてはならない。尺貫法は使えないことになっているのに、使っているところがある。永六輔が最近のエッセイにそう書いている。

千円札である。その横は五寸、タテは二寸五分となっていて、尺貫法の寸法である。来春(平成十六年)、札が変わるが、この寸法は変わらないだろうか。

ゆずる

先日、朝、スーパーへ寄って、ちょっとした買いものをした。レジの方へ歩いていくと、横から、タマゴを一パック手にもった中年の男とかち合った。あまり人相がよくない。どこかの飯場ではたらいている人か、ひょっとするとヤクザかもしれないという感じである。

こちらは急ぐわけではないから、「どうぞ」と言って男に先をゆずろうと思った。彼の方がすこし先であるから当然である。

ところが相手は思いもかけないやさしい声と調子で「どうぞ、どうぞ」と言うではないか。いい気持ちだった。人柄を疑ったりしてわるかったと思って、「いや、どうぞ」と言って、彼を先に立てた。

彼はレジで、一円玉をいくつもならべて金を払っているから、時間がかかる。ふだんだったら、なにをぐずぐずしているのかといらいらするところだが、「どうぞ」と言った手前もあるし、男が財布からのんびり小銭をつまみ出しているのを待った。

レジを離れるとき、彼はこちらに向かって、かるく頭を下げたようであった。やはりやさしい人なのであろう。

しかし、もし、はじめに、先争いをしたら、ひょっとして言い合い、けんかになったかもしれない。こちらがのんびりしていたからよかったのかしれない。そう思いながら帰ってきた。

畑泥棒

ことしほど農作物の盗難の多かった年はないだろう。

米が不作、というので米がひんぴんと盗まれた。米だけではなく、ブドウもナシもやられた。米を何百キロもとっていった、というようなのは、とても一人の仕業ではない。何人がかりのプロのやったことであろう。それにしてもほとんどがつかまっていないのが不思議である。むしろ、小さな盗みの方がつかまる。五千円分のブドウをとってつかまった男は東京の息子に送ってやりたかったと警察ではなしたそうである。これはアマの泥棒である。泥棒というより畑の万引きといった方が当たるかもしれない。スーパーや本屋などの万引きはおびただしくある。とてもニュースにはしていられないから、一般には知られない。畑の万引きは、ニュースになったから目立つのである。

いま日本は万引きが大流行している。東大の生協が本の万引きが多くて悲鳴をあげているそうだ。天下の秀才たちも、ちゃんと万引きはするのである。その他はおしてしるべしである。東京駅のコンビニの店長が万引き男に刺されて死んだ事件などは、殺人があったからさわがれたのだが、普通？　の万引きは闇から闇である。

畑泥棒もそのうち、すこしも珍しくなくなるだろう。ニュースになるうちが花かもしれない。

時　雨

先日、本紙（米澤新聞）の「録音室」に〝時雨〟のはなしが出ていた。（平成十五年十一月十二日）

それで思い出した句がある。

　浜までは海女も蓑きる時雨かな

よみ人知らずではないが、作者の名は忘れた。きいたはずだが覚えていない。

海女は海中もぐって貝などをとるのがなりわいである。もちろん濡れる。しかし、海女は、どうせ濡れるのだからといって時雨に打たれるにまかせて行くのではない。浜へつくまでは、蓑をきて、身をかばう。それがたしなみなのである。そういった意味の句で、たいへん感心した。

あるとき、高齢者ばかりの集まりで話をしたときに、この句を引き合いに出した。年をとると、どうせもう先も短いことだし、とか、どうせ仕事もないことだし、などといって、自分をひきしめることを怠りやすい。どうせ年寄りだからといって、だらしないかっこうをしがちである。

それでは老化がすすむ。どんどん衰えてしまう。すこしでもよく生きていこう、すこしでも、たしなみのある生活をして、若い人から、ああいう年寄りになりたいね、といわれるようにしたいものである。そういって、この

　浜までは海女も蓑きる時雨かな

を引き合いに出したのである。このごろは、こちら自身が浜が近くなってきたので、自戒のこ

とばとしている。

〝分別〟

いつか知らない婦人から電話がかかってきた。一緒に住んでいるおしゅうとめと言い争いになっている。その決着をつけてくれないか、というのである。

何のことかと思ったら、ゴミのはなし。この奥さんはブンベツ(分別)ゴミを出す、というが、おしゅうとめさんは、フンベツ(分別)ゴミだといってきかない。フンベツ、ブンベツ、どちらが正しいか、教えてくれというのである。

分別はものごとの是非、正否などを判断するときにはたらかせるのならフンベツである。しかし、ゴミにはフンベツをはたらかせなくともよい。燃えるもの、燃えないもの、ビン・カンなどに分類、区別する。これをブンベツゴミと言うのである。こういうことばがあらわれてまだ二十年くらいしかたっていない。分別ゴミは、ブンベツゴミが正しい。そう言ったらお嫁さん喜んで電話を切った。

先日、山形新幹線にのって、新庄へ行った。新庄まで新幹線が行くようになってからはじめてである。

車内放送がうるさい。みやげものの宣伝などききたくもない。その案内嬢がひどく早口で、語尾を「ご利用くだいまちえ」と言う。「くださいませ」のつもりの方言だろうと思った。男の車掌は「フンベツゴミの回収を……」と放送する。これは方言ではなさそうだから、かん違いしているのだな、と思ってきき流した。

机

このごろは小学生でもりっぱな勉強机を買ってもらっているらしいが、わたしは一生、机らしいものがなくてすごした。すこしあわれである。

家には書斎と呼ぶ部屋があるにはあるが、机がない。窓側にそっととり付けた厚板を机として使っている。

その上にはいろいろなものが山のようになっていて、ロクにものも書けないくらいだ。

それで図書館へ行くことを考えた。大きな机がある。三人か四人がそのまわりに席をとるのだが、かなりひろいスペースをわがもの顔に使うことができる。

仕事が終わって、もって行った本などをカバンに入れてしまうと、机の上にはチリひとつ残っていない。それが何も言えぬいい気分である。うちでは味わえない。毎日のように行く。こうしてうちの外で勉強したり、仕事をするのがたのしみになった。

また、週に一度、市ヶ谷にある全日本家庭教育研究会の事務所へ出勤する。そこには私専用の大きな部屋があって、重役机がおいてある。図書館で覚えたよそでの仕事をここでもすることにした。まわりにだれもいない個室だから、落ち着いて、仕事に没頭できる。帰るときには、電話とメモ帳台しかなくなる机の上を見渡して、すがすがしい気持ちになる。もちろん図書館よりずっといい。週一度行くのがたのしみである。

親孝行

高齢化社会で若い人は自分たちの年金は大丈夫かと心配している。

年をとった人は、ねたきりになったりしては大変、ポックリ死にたいというので、ご利益のあるというポックリ寺めぐりをする。昔の人は、命長ければ恥多し、といったが、いまは、命長くして悩み多し、である。

評論家の樋口恵子さんは高齢社会を諷刺してうまいことをいう。ある講演で、

「老婆は一日にしてならず」

という名文句を吐いて話題になった。もちろん、

「ローマは一日にしてならず」

をもじったもの。老婆とローマをかけたところがミソ。

また別の講演では、

「孝行をしたくないのに親がいる」

とやって、みんなを笑わせた。「孝行をしたいときには親はなし」というよく知られたことわざがあり、それをひねったジョークである。

昔の人は六十歳くらいでどんどん死んでしまった。こどもがやっと力ができて親孝行しようと思うころには、もう親はあの世という若死時代にできたのが、「親孝行したいときには親はなし」である。

人生八十年といわれるいまの時代、こどももうかつての年寄りの年齢になっているのに、老親をかかえては、タメ息が出ようというものである。老人がポックリ願望をもつのも無理はない。

リンゴの力

「毎日リンゴを食べれば医者にかからなくてすむ」という意味のことわざがイギリスにある。

わが国でも、リンゴが体によいということは、このごろではだれでも知っている。私も毎日リンゴを食べるようになってもう何年にもなる。端境期の夏でも食べる。

先日、柿をもらったが、まだ固くて食べられない。すると、リンゴといっしょにしておくと早く熟れる、ということを教えてくれた人がいる。

さっそくそうしてみると、その通りで、三日もしたら、ちょうどいい加減の食べごろになった。ラフランスを熟れさせるのに米びつの中へ入れるといいことは知っていたが、リンゴにこういう力があるというのははじめて知って、おどろいた。人間にきくだけではなく、柿にもきくのか、と家のものと話し合った。

そしてしばらくすると、また別なことをきいた。

花瓶にさした花のそばへリンゴをおいておくと、花が早く枯れるというのである。どうしてそうなるのか、理由ははっきりしないが、切り花のそばへリンゴを近づけると、花が早くいたむらしい。リンゴの糖分が飛んでいって花をいためつけるのだとしたら、これもおどろくべきリンゴの力である。八百屋のとなりの花屋は困らないか。

いずれにしてもリンゴの力はたいしたものだ。

パルドン

長年英語を教えていたSさんがフランスを旅行した。ことばがわからず、すっかり疲れて帰ってきた。

Sさんがフランスの何とか鉄道の列車のトイレへ入った。終わって出ようとしたら、内からはあかなくなってしまった。いくら呼んでも外へはきこえないらしい。だれも助けに来てくれない。

そのうち、だれかがドアをあけた。(外からはあくのだ)やれうれしや、これで助かったと思ったら、相手は中に人がいるので、「パルドン」(ごめんなさい)といって、あわててしめてしまった。

そういうことがあった末、やっと出られた。「身の細る思いでした」とそんなに細くもないSさんは笑った。

こちらは日本の話。兵庫県の川西市のシビック・センターというから市役所のようなところであろう。六十八歳になる女性がトイレへ入った。

まだ入っているのに、係員が入口の防火扉をしめてしまった。さあ出られない。このご婦人、必至になって鉄の扉をたたいて、両手にケガをしてしまった。

管理会社を相手どって、この女の人は一千万円の損害賠償を請求した。裁判所は管理会社に責任ありとして二二三万円を女性に支払うように命じた。

「パルドン」だけではすまなかった。このニュースをきいて、しめ込まれたいと言った人がいる。

方言

郷里にいる同学の友人が土地の方言を集めて本にしたといって送ってきた。

東京に住んで六十年、郷里のことばは半ば忘れているから、本で出会うとなつかしいような思いがする。われわれの生まれ育ったのは西三河である。名古屋はすぐとなりだが、ことばはまるで違う。ことばで尾張人と三河人ははっきり区別される。

さて、その三河ことばだが、たとえばヒズルイというのがある。東京へ出てきて間もないころ、このことばを使って、ひどくおどろかれたことがあって忘れられないことばのひとつだ。太陽などを見るとき〝まぶしい〟のを言う。

ミガキ砂のことをニガキ砂といったが、これは三河特有というわけではなさそうだ。この本には出ていない。

変わっているのは、ヤットカメである。これは三河だけでなく、名古屋や岐阜でも通用する。たとえば、

「やっとかめだなん。みんなまめでおうつせるかん」のように言う。

共通語に訳すと、これは、「お久しぶりですね。みなさん無事ですか」となる。やっとかめは、八十日目のつまったもので、久しぶりの意味になるのである。

米沢あたりの方言だったら、これを何というのかきいてみたいような気がする。方言は、あたたか味があってよい。年をとると、いよいよそう思うようになる。

柿

知り合いの人が、会うなり、「柿を食べてひどい目にあいました」というからわけをきいた。

「ああいう手術をしたあとは柿を食べてはいけないそうなんです。それを知らないものだから、寝るまえに大きなのをひとつ食べたのです。すると、ものすごく腹が痛み出して、病院へはこばれたのです」

この人、ことしのはじめに大腸に大きなポリープができて、手術をしたが、その後はすっか

り元気になり、バリバリ仕事をしていた。

「ドクターが、柿なんかどうして食べた。しかも夜なんかいちばんよろしくない、と言うのです。こちらはまったく知らなかったんです。まいりました」

それで思い出したことがある。うちの庭の柿をあげようと、近所のある家へもって行ったら、

「うちでは柿は食べないことにしています。おばあさんからきつく言われています。それで庭にも柿の木がありません。せっかくですが、頂けません」とことわられてしまった。

ずいぶん変なうちだと思っていたが、こんどの話をきいて、昔の人の知恵はたいしたものであると改めて思いかえした。

うちの柿はことしも豊作だから、先日から、どんどん食べている。まだすこし堅いが、甘さは充分である。しかし、こういう話をきいては食べたくなくなった。柿をどうしよう。こまった。

店じまい

「清水屋が店をしめるんだって……」

買いものから帰ったうちのものがおどろいた調子で言うから、こちらもびっくりする。

清水屋はうちからいちばん近い小さなスーパーである。じいさん、ばあさん、娘の家族だけでやっているが、中々はやっている。商売が行きづまって廃業するのではないことはすぐ見当がついた。

おじいさんは当たりのやわらかないい人である。おばあさんは愛想はないが、別にどうということのないおかみさんである。娘が問題で、いやでいやでしようがないという態度で店番をしている。のぞいて、彼女がいると、入るのをやめて帰ったこともあるくらいだ。あの店は、おやじさんでもっている。うちでもそう噂していた。

そのおやじさんの姿を見かけなくなったと思ったら、棚の商品がどんどんへって行く。補充しないのである。おやじさんに何かあったにちがいないと思った。

もう七十に近い。ひょっとすると、などと考えたが、まさか閉店するとは思わなかった。きくところによると、十日前に、ぴんぴんしていたおやじさんが倒れた。脳出血だったらしい。一命はとりとめたが、安心できない状態だということだ。

あのばあさんと娘では店はやっていけまいが、やめないでやってくれればいいのに、とうちのものが言っている。

マンジュウル

ある奥さんがはじめてフランスの人に会うことになった。囲碁の会に出るフランスのこどもたちとその親の一行五名である。

外国語は英語もダメな奥さん、もちろんフランス語なんかわかるわけもない。しかし、そういう目的で来日するフランスのお客なら、せめて、はじめのひとことくらいフランス語で歓迎の心をあらわしたいと思った。

知り合いから、フランス語の〝こんにちは〟は〝ボン・ジュール〟だと教わった。その人が〝マンジュー〟に似ていると思えばいい、とつけ加えた。

奥さんはフランス人一行に会ってすこし上がっていたのだろう。とっさに、

〝マンジュール〟

とやった。フランス人はキョトンとしてやがてすこしわらったので、これはおかしかったのだ。そうボン・ジュールでなくちゃいけないのに……。外国語って、ほんとにいやね、と心の中でつぶやいたそうである。

それでもフランス人はたのしそうであった。通訳がいるからまごつくこともない。

いよいよお別れということになった。お別れのさよならはオー・ルヴォアールだと教わっていた。それはまちがえるものか、そう思った奥さんは、

〝ボン・ボワール〟

というフランス語を発見した。奥さんあとでへとへとに疲れた。もうマンジューはごめんだと思っている。

二極化

駅のホームをよちよち歩きの幼い子がひとりで歩いている。二、三歩あとに行くのが母親らしい。

あぶないな、と思っていると、電車が入ってきた。電車はこどもに気がついて非常警報のような音を立てた。

その音におどろいた子はとっさにホームの内側へ走った。もし、反対側へ飛び出したら……考えるだけでもぞっとする。

母親はそのときすこしもさわがず、表情も変えなかった。よほど肝がすわっているのだろう。こういうところではこどもの手をひくのが常識だが、知らないのか。

これは別の日。

向こうから父子が歩いてくる。父親と息子。近くなってみると、息子は大きい。ひょっとすると、中学生かもしれないと思うほどである。

その父子がなんと、しっかり手をつないでいる。ちょっと異様である。気持ちがわるい。

知り合いの奥さんが、小学二年だかの息子と手をつなごうとしたら、

「お母さんのエッチ！」とやられた、といってショックをうけたそうだ。

この父子は、小学二年生なんかでないことははっきりしているが、父親と手をつなぐのはエッチでないと思っているのだろうか。

世の中、なにごとによらず二極化しているというが、ここにも二極化が認められる。

外来語の言い換え

わけのわからないカタカナ語、外来語が多い。なんとか日本語にしたらどうかという声が高まって国立国語研究所が言い換え作業を始めた。

すでに第一回はことし(平成十五年)のはじめだったかに発表されたが、第二回目が十一月十三日に発表された。

一般にわかっている人が二五%未満ということばでは

インフラ　社会基盤

サマリー　要約

フレームワーク　枠組み

コア　中核

タスク　作業課題

ケーススタディー　事例研究

タスクフォース　特別作業班

もうすこしよくわかっていることばとしては、

オブザーバー　①陪席者　②監視員

グローバル　地球規模

コミュニケ　共同声明

コンセプト　基本概念

スクーリング　登校授業

セクター　部門

ダンピング　不当廉売

バーチャル　仮想
ベンチャー　新興企業
ボーダーレス　無境界　脱境界
マクロ　巨視的
かなりよく(半分以上の人が)知っていることば——
コミュニティー　地域社会　共同体
シミュレーション　模擬実験
ビジョン　展望
マーケティング　市場戦略
ミスマッチ　不釣り合い
リアルタイム　即時

色　紙(二)

昔教えた学生たちはいまは初老の紳士だが、私を祝ってやると言い出した。

それはいいが、会の当日色紙を書いてくれ、筆と硯、色紙は用意して会場へもっていくと言ってきた。

料理をたべたテーブルなどで字を書いたりできるわけがない。みんなの見ているところで筆をふるうなどという芸当は恥ずかしくてとてもできない。うちで書いたのをもって行くとこたえた。

色紙はうちにもあるが、この際、買った方がよかろうと思って、とくに文具の充実したデパートへ行った。

いろいろある。値段も百円から三百円まで。どれにしようかと思ったが、まあ、まん中くらいのものなら無難だと思って、十五枚買った。

それをハダカで持ち歩かれてはこちらが恥ずかしくてたまらない。

色紙をおさめる袋がほしい。店員にきくと、色紙専用の包み袋ができている。これもいろいろあるが、おどろいたことに、どれも、色紙より高い。いちばん安いのでも二百円もする。これはいちばん安いのでがまんしてやはり十五枚かう。しめて五二五〇円プラス消費税だった。色紙といってもバカにはならない。

さてこれで色紙は準備できた。あとは字を書くばかりだが、まだとりかからない。会の前日になったら待ったなしだから、何とかなるだろうとタカをくっている。

大学

ある私立大学の学長がおりいって相談したいことがあるといって会いに来た。

なんのことかと思ったら、学生を多くあつめる知恵をかしてくれないかというのである。

そんなチンドン屋の片棒をかつぐのはごめんこうむるとも言えないから、あれこれ思いつくことをしゃべっているうちに、おもしろいアイデアがうかんで来たのには自分でもおどろいた。

学生を集めるには、ほんとうに学生の役に立つことを教えればいい。いまの大学は昔ながらの古くさいことばかりを〝教養〟科目として教えている。そんなのは社会へ出てからほとんど役に立たない。虚学である。いまの世の中には合わない教育である。

もっと実学を重視しなくてはいけない。古い科目はやめて、新しい実務科目を入れる。そういう知識なら就職してからすぐにでも役に立つ。

ことに大切なのは、日本語。自分の考えたことをりっぱな文章で書くことができれば、どれほどつとめてから得をするかわからない。いま大学を出る人で、こういう文章力をもつ人は十人にひとりもいない。

それと、人前で意見をのべる話し方の勉強もする。これからは、弁舌がものを言うようになる。それにそなえるのだ。

学長は半分くらい感心して、「帰りましてから検討させていただきます」と言って帰っていった。

一円社長

「一円で社長になれる！」

「じょうだん言っちゃいけない」

「ところが、本当なんだよ。法律ができた」

「まさか」

「『中小企業挑戦支援法』という」

「なんだかイラクの戦争みたいな感じがする」

「これまでの商法では、株式会社は最低一千万円、有限会社で五百万円が必要だった。その例外を認めたのがこの支援法。たったの一円で会社が設立できる。この二月に制度ができて半年のうちに、この法にもとづいて出来た会社が三三〇〇社あり、そのうち一円企業が一〇〇社ある。一円あれば社長になれるのだよ」

「夢のような話だが、別の夢をぶちこわした。昔から、勤めをもつ人は、社長になるのが夢だった。まずはかなわなかったから、夢の価値があった。いつごろからか、八百屋や洋品店のおやじが社長になり出して、社長の株はだいぶ下落したが、それでも〝社長〟と呼ばれたいと思っている人はすくなくない。それが一円で会社ができ、一円で社長になれるとしたら、アホらしくて、社長になりたいという人はなくなるにちがいない。わが国の産業の活力をそぐことにもなりかねない。とんだことを支援する法律だ。うらめしいと思う人がいるにちがいない」

「社長よりもっとえらい名前を考えたらいい。総裁というのはどうだろうかね」

〝オレオレ〟会社

お年寄りに、

「オレ、オレ、オレだよ……」

という電話をかけて、孫みたいな口をきいて、うまく金をだましとる詐欺があらわれてからもう一年以上になるだろう。

びっくりして金を払い込んだりするお年寄りがあるらしく、このオレオレ詐欺、へるどころか、ますます多くなっているというからご用心。

最近つかまったオレオレ詐欺の片われが、警察でしゃべったことから、とんでもないことが判明した。

オレオレの電話をかける若ものの中には、月給をもらっているのがいる。月に二十万から二十五万だそうで、うまく金をせしめるとボーナスが一件につき二万円これに上のせされる仕組みになっている。

会社組織みたいである。オレオレと言っても孫だと思ってもらえないような年の男たちが下手を刈りあつめて、オレオレ電話をかけさせて、金をとる。それを吸い上げて、一部を月給として〝従業員〟にわたすところはいかにも商売である。けしからんことだが、泥棒会社はどこかにくみ切れないところがある。

すくなくとも、年金を貰いすぎているから、三日以内にこれこれを郵送しろ、しないと、差し押さえるなどという郵便を送りつける手合いよりはましである。

しかし、お年寄りはだまされないようによくよく注意しなくてはいけない。

留守

「こちら〇〇〇証券の大山と申します。赤嶺文さんはいらっしゃいますか」

セールスの電話である。赤嶺というのは義母である。何年も前に亡くなった。電話の名義を変更しようとしたら、たいへん面倒な手続きをしなくてはいけないと言われた。そんなら、このままほっておこう、ということになって、死んだ人間が電話帖では、いまもいきていることになっている。

電話のセールスは電話帖のはじめ、「あ」のところの番号からかけていく。それでわざわざ、〝アール〟ということばを添えた名前にし電話帖のはじめの方へ名を出そうとたくらむ企業があらわれた。

赤嶺はその「あ」の前の方だから、よくセールスの電話がかかってくる。証券マンがまじめな声で、

「いらっしゃいますか」

と言うものだから、こちらもすまして、

「いません」

とこたえる。

「お留守ですか」

とかさねてきく。留守とは言えない。

「いません」

「いつお帰りになるのでしょうか」

「わかりません」

「そんなに遠くへいらっしゃったんですか」

「遠い、遠いところです。いつ帰ってくるかわかりません。帰ってこないだろうと思います」

「それはご心配ですね。捜索願いお出しにならないのですか。さし出がましいことを申してすみません」

注射

このごろのお医者はあまり注射をうたない。かつては、ちょっとすると、すぐ注射であった。患者も注射でないと病気はなおらないように思っていたフシがある。

それがさま変わり。このごろはめったなことではうたない。うちの近くのかかりつけのお医者などはここ十年くらい一度も注射をうったことがない。クスリはいっぱいくれる。

ところが、インフルエンザの注射は別で、このかかりつけのお医者も、うった方がよいと言うから、うちのものは注射を受けた。

私はなれたところの大学病院で予防注射をうけた。

待たされて、まず、問診の用紙にあれこれ書きこまされる。

それでいいかと思うと、医師の問診があるという。やれやれ、また大分またされて、呼び込まれ、ドクターからいろいろきかされる。去年もおととしも何ともなかった、といったら、よろしいとなった。注射は三十秒。待つこと一時間。

看護師が注射したあと言う。「すこしはれが出るかもしれません。うちの看護師でも大きくはれたのが何人もいます。一週間もすると自然に消えますが、心配してききに来た人もあります。ご心配はいりません」

「それに、今日は入浴をひかえて下さい。重いものをもったり、はげしい運動もひかえて下さい」

なんだかすこしこわくなってきた。

説明会

不況だといわれるのに、このごろうちの近所では建築ラッシュである。

うちから道路をへだてたところに四階建てができる。その奥に九階建てのマンションが建つ。

さらに裏の方三軒さきで六階建てができる。ひとつはもう工事が始まっているが、ほかの二つは、これからである。

このごろは建物を建てるには近隣の人たちに説明して了承してもらう必要があるらしい。どこも説明会をひらいた。

そんなところへ行ってもしかたがないから、行くまいと思っていたが、迷惑なものができるのだったら困る。きいてきてほしい。うちのものがそういうから、それもそうだと思って、はじめて、建築説明会なるものに出た。

ずいぶんはなれたところの人まで来ていて、けっこう人数が集まっているのは意外であった。建築会社の人が、ていねいに説明する。

その会は、うちと道路をへだててすじ向かいに建つ四階建ての説明会である。うちのすぐ裏のおばさんもきていた。

うちも奥も、道路をへだてていることもあり、多少日当たりが悪くなるが、しかたがない。そう思って話をきいていた。質問の時間になったら、うらのおばさんが、きびしい調子で文句を言った。日ごろおとなしい人だから、びっくりした。説明会は気もちのいいものではない。

試合

親しい友人のひとり息子が高校一年生である。すこしも勉強しないで、野球ばかりしていて困る、さきが思いやられる、と親は口ぐせのように言う。

そのくせ、息子の出る試合は、仕事を休んでも見に行く。親バカなのである。今月末にわれわれの仲間で会をするので、出てこないかときいたら、

「あいにく、息子の試合があってだめです。ちょっとおもしろいのです、それが」

「どこがおもしろいの」

「相手が東大のチームなんです」

「だってキミのところの息子さん、高校生でしょう？　どうして、大学と試合するの」

「それはボクもよくわかりませんが、息子の学校へ遠征？　してくるらしいのです」

「それはおもしろい」

「でしょう。東大のチームはそれくらい弱いのですねきっと。大学では相手にしてくれるところがない。高校がちょうどかっこうの相手だが、近くでは、まわりがうるさいから、田舎の高校までくるんでしょう。おもしろいから、見に行きます」

「レギュラーなのかね」

「それはわかりません。案外、タマひろいが来るのかもしれませんが、うちの息子、どうせ東大なんか入れないんだから、野球でやっつけたい、とはり切っています。勝つとおもしろいんですが……」

包みの中

遠い知り合いの不幸を年賀欠礼のはがきではじめて知った。あわてた。香奠を送らなくてはいけない。

現金書留で送ることにする。封を三重にするようになっている。そのうえ、三カ所に印をおすようになっている。いかにもものものしいが、これなら大丈夫だという気になる。

さて、と思ったところで、突然、不安になってきた。包みの金、たしかに三枚入れただろうか。ひょっとして二枚だったらどうしよう。包みのうら側に三万円と書いてあって、二万円しかなかったら、受け取った側でどう思うかわからない。

どうしよう。たしかめたくても、すでに封をしてしまった。あけてたしかめるには封筒をあける必要があり、それはかんたんではない。さあこまった。

かつて、こんな話をきいたことがある。

やはり、葬式のとき、受付で香奠をうけた。あとで係をした人があけたのだが、その中のひとつに金が入っていなかった。その人はすぐとなりの人に証人になってもらって、中身がなかったことをはっきりさせるのが、たいへんだったそうだ。

どういうのんきな人間が中身を入れない香奠袋をさし出したりするのだろう。その話を聞いたときにそう思ったが、ひょっとすると、自分もそういう人間になっているのかもしれないと思って情けない思いをした。

残りの金をかぞえ、たしかに三枚だという確信がもてたから、そのまま送ることにした。

うるし・まき絵

うるし・まき絵の万年筆をもらって、こどものように珍しがって、よろこんでいる。

国産の高級品である。うるしだから国産にきまっている。うるしは、日本の代表的工芸品であり、欧米でジャパン(日本)といえば〝うるし〟のことを意味するくらいだ。(ちなみに、チャイナ(中国)といえば、陶器のことも意味する)

まき絵というのは、うるしの上にうるしで絵などをかき、金粉や銀粉で〝まいた〟ものである。

うるしはもともとアジア大陸独特の塗料であったが、聖徳太子のころ日本へ入ってきて発達した。千三百年前のことである。日本の高温多湿な気候が良質のうるしがとれるのに適しているといわれ、とくに日本海の沿岸ではよいうるしがとれた。代表は能登半島の輪島である。

ふつうは、黒や赤などの単色であるが、それに絵をかいて、金粉、銀粉でまいたものがまき絵である。

それを万年筆にほどこしたのだから、おもしろい。もらった万年筆には極楽鳥の絵があって美しい。

われわれにとっても珍しいが、外国人、アメリカ人などはどんなに喜ぶだろうか、とそう思ったが、さし当たって、思い当たる人もないから、手許において、時々使うことにした。万年筆が何本もあって、これだけを使うというわけにはいかないのである。

元気をもらう

若い人、それほど若くもないが、年寄りではない人が、いろいろ新しいことばを使う。それはたいていは気に入らない。

そういうことばのひとつに、〝元気をもらう〟というのがある。元気のいい人、すばらしく活躍している人などに会うと、その影響でこちらも元気になるのを言うらしい。〝もらう〟というのがおもしろくない。〝元気をもらう〟というのはもっといけない。そう思っていた。

実は、このところずっとなんとなく気の滅入る状態がつづいている。気がくさくさするのである。

そんなところへ、遠くから友人がやってきた。いっしょに食事をするのもおっくうだったが、出かけてごちそうを食べて、あれこれ話をした。すると、ふしぎと気分がよくなったから自分でもおどろいた。会ってよかったと思った。

しばらくして、もっと親しい仲間の何人かと会ってこれまた勝手なおしゃべりをした。そのあとの気分はいっそうよろしい。ちょっと別人になったような気さえするのである。

そうして、〝元気をもらう〟というのは、こういうことなんだろうと考えた。これならいい。これまで、誤解していたと反省した。

たのしい人と会ってたのしい話をするのは、健康にもよいというが、〝元気をもらう〟のは心身によい効果がある。

傘の袋

ことしの秋は雨がよく降った。先日、十一月で晴れた日はたった三日しかなかった(東京)という気象庁の発表をきいて、そんなによく降ったのか、と改めて感心した。

雨が降れば傘をさす。乗りもの、建物の中へ入ると、その傘の始末にこまる。入口に傘立ての置いてある店もあるが、投げ入れである。なくなる心配がある。

銀行は考えて、入口にうすいビニールの袋を用意している。これをつければ店がぬれない。もちろん出るときは外してすててくる。あとでもう一度使おうと思っても、破れてしまって役に立たない。

どこの店だったか忘れたが、かなりしっかりしたビニールの袋が入口にあった。帰るときに捨てるのがもったいないから、ポケットへ入れてもって帰った。

それから雨の日は、その袋をもって出る。電車にのるときも、これがあれば、服がぬれたりしない。ひとごみの中でも、心配がない。知らない人が珍しそうな目を向けることもあるが、悪いことをしているわけではないから、平気である。

三回くらい使ったら、先に穴があいたらしく、水がもるようになった。

そこで考えた。だれか、傘の袋を作ってくれないか。シャレたデザインで、使わないときもじゃまにならないようなものがいい。あればすぐにでも買いたい。そんなことを考えながら今日も傘をさして外に出る。

カプチーノ

遠くの友人がやってきたのでご馳走した。終わっても話のつづきがある。同じホテルのコーヒーハウスへ入ってもうすこしおしゃべりをしようということになった。

友人はコーヒーにするという。こちらはカプチーノにしたいが、メニューにない。それならココアにしようと思った。友人もつき合ってココアにする。ここはココアをポットでもってきて、自分でおかわりが出来る。

もともとあまりコーヒーが好きでないのだろう。カフェ・オレなどをよく飲んだが、いつしかカプチーノが好きになった。

香りがいい。コーヒー豆をつよくいったのを使うらしい。クリームをのせるところがココアに近い。しかしシナモンの香りはカプチーノ独特のものである。

名前でわかるように、イタリー風コーヒーである。日本人はイタリアに目をひらかれたのは、近年のことである。イタリア料理がフランス料理より人気が高くなった。それにつれてカプチーノも広まったのであろう。

外で食事をしてあとお茶というときはきまってカプチーノにする。日本料理を食べたあとでもそうである。ふつうのコーヒーはどこか間がぬけているような気がするのである。

しかし考えてみると、二十歳すぎるまでは、コーヒーの味を知らなかった。カプチーノを飲んで感慨にふける。

落書

まだケイタイがなかったころ。公衆電話へ入ったら、ステッカーが貼ってあった。透明のビニールに、漫画風に女の子が、

「キスはイヤイヤ」

と吹き出しで言っている。このボックスの中で、そういうことをする若ものがいるから、それを禁止するものかと考えたが、どうもおかしい。

よく見ると、スのところにきずがある。ズの点をけずり落としたのだとわかった。

「キズはイヤイヤ」

だったのを変えたヤツがいるのだとわかる。こういうイタズラはにくめない。

先日、公園の公衆トイレの男子用へ入った。

便器の上に、区役所がつけたのであろう。プレートが打ちつけてある。はじめは、

「一歩前進」

だった。うしろの方から用を足すから、下がよごれる。前へ出てしてくれという注意である。

その一を十にして

「十歩前進」としたのがいる。するとそのあと来たのが、そんなに進めない。

「不可能」

と書きそえたのがいる。

さらに別のが来て、

「十歩前進」

に「兵」を入れて、

「十歩兵前進」

と改めたのがいる。そしてさきの「不可能」の「不」を消して「可能」とした。

みんなヒマがある。落書きを楽しんでいる。

法律のことば

法律のことばは古くさい。その上、一般の人間にはたいへんわかりにくい。戦後に出来た法律はさすがに古くさくはないが、まわりくどい悪文が多い。法律用語の仕事をする人たちは、いつもああいうことばにつき合って、よくも頭が変にならないものだと感心する。

ところで、明治以来そのままになっている法令条文を現代的にしようということが検討されているといわれる。たいへんよいことだ。ぜひ早期に実現してほしい。

改めるなら、わかりやすくするだけではなく、日本語としてもりっぱなものにしてほしい。先ごろ、人名に使える漢字が大幅にふえたのはいいが、とんでもない漢字がいくつもまじっていて、国民の嘲笑を買った。ああいうことがないようにしてもらいたい。いくら法律家でもすこしはことばの勉強をしてもらわないといけない。

明治に出来た法律は、ヨーロッパ、ドイツの条文を翻訳してこしらえたといわれている。百年もそれをありがたくいただいてきたのだから、恥しい。

もっとも、法律は悪文でもかまわない。正確なら悪文になる、などとうそぶく法律家がいるのだから安心できない。

これからは一般の人間も法律の知識が必要になる。法律がお粗末なことばで書かれていては迷惑する。よい法文の生まれることを期待する。

サポーター

先日、サッカーのアジア予選決勝試合日本対中国戦を見た。3—1で日本が勝ったが、見ていてすこしもたのしくなかった。

中国のサポーターがケタ外れて無礼だったからである。やたらとブーイングをやる。試合前の日本国歌のときもブーイングをやった。国際的感覚ゼロ、未開人なみである。日の丸を焼いたヤツもいる。

日本はよく我慢したが、国民のハラワタは煮えくりかえった。そのことは中国も承知しておいた方がよい。いくら人口が世界一多いといっても、人間らしいことのできないのばかりでは、大国だなどとは言えない。

日本人はどうしたわけか外国に弱い。ひどいことをされても、中国さま、と考えるマスコミもある。

日本人も決して上等な人間ばかりとは言えないが、外国のチームを迎えて試合をするとき、相手国の国歌をやじったり、その国旗を焼いてよろこぶようなひどいのは、まずない。おおむね紳士的である。

応援にしても、かつては世界一、礼儀正しく、フェアであるといって、国際スポーツ機関から表彰されたことがあるくらい。このごろすこし行儀のわるいのがふえているが、中国のに比べればまだまだましである。

スポーツはもともとケンカの洗練されたものである。ケンカがしたくなるのも、そのせいであるが、それだからこそ、サポーターは行儀よくしてなくてはいけない。

果物

ことし(平成十六年)は例年にない暑さ。雨もすくない。

それで、草木が枯れたようになったところもある。もっともあれは枯れたのではなく焼けたのだ。水をやればよみがえるそうだが……

この暑さのおかげでウケに入っているのが、ビール、クーラーなど夏もの業界で、ことしは

扇風機もたいへんな売れ行きだったという。クーラーをかけて扇風機をまわすと涼しい。（そりゃそうでしょうよ）

思わぬ収穫は果物である。暑さのせいで、うまい。桃が例年よりうまかったが、だいたい桃はいつだってうまいからあまり目立たなかった。

先日から出まわり出した梨が、たいへん、うまい。ぶどうも、まけずに甘い。いつも以上である。

だいたい果物は盆地ものがうまいといわれる。朝夕と昼の温度差が大きいほど、果物は糖分を増すものらしい。

温度差が大きいのは、気候としてはきびしいのだが、それによって、果物の甘さがつよくなるというのはおもしろい。

甘さをいのちとする果物の産地に内陸、盆地が多いのは偶然ではない。山形は山も多いが盆地も多い。天下に名だたる果物産地である。

きびしい変化の中で育つことが果物をうまくするのと同じように、人間も苦労すればするほど味が出る。昔風の人間はそんなことを考えるのである。

名前

店の名前がよくわからない。うちの近くのコンビニはポロロッカという。三年前に開店したが、この名が言えるようになるのに何カ月もかかった。意味はいまだに不明。レジにいるのは中国人。日本語も妙だからきくだけ野暮だと思って、がまんしている。

うちの近くだから、わずかな預金をしてる銀行は通帳をつくるようになってからでも、協和、協和埼玉、あさひ、と名前を変更してきて、とうとう〝りそな〟という不思議な名を名のるようになった。

何語だろう。行員にきくと「ラテン語のなんとか……」というから、「ラテン語か」ときいたら、そうでもないそうだ。彼女自身、名前のわけのわからない銀行につとめて、月給をもらっているのである。

もうひとつ金を預けてあるのが東海銀行で、これは郷里が本拠だから学生時代から通帳がある。

それが三和銀行などと合併した。それはしかたないけれども、つけた名前がＵＦＪである。未確認飛行物体ユーフォー（ＵＦＯ）のナマリかと思う名である。

これもなんと、覚えるのに何カ月もかかった。名前をつける側は客の不便ということをすこしは考えたのだろうか。

ＵＦＪはユナイティッド・ファイナンス・オブ・ジャパンの頭文字だというからお笑いである。

アメリカに買収されるときは便利だろう。

原稿用紙

郷里にいる老友が、本を書くといったら、お嫁さんが、原稿用紙を二千枚買ってきてくれた。途方にくれているといって便りをよこしたことがある。

原稿用紙の好きな人間には、うらやましい話である。この友人は、そのうち二百枚足らずを使って小著を出版した。

私は若いころから原稿用紙がわけもなく好きであった。ろくに原稿も書かないくせに、いろいろな原稿用紙を集め、ながめて、よろこんでいたのである。

ある出版社で月刊雑誌の編集をしていたときだからもう五十年くらい前のことだが、あるとき、自分専用の原稿用紙がほしくなった。

そのころは四百字詰が主流であったが、あえて二百字の原稿用紙にした。それを五千枚つくった。一生かかっても、使いきれないだろうと思った。

上質紙を使った特製である。めったなことには使いたくないと大切にしていたから、三十年して五百枚くらいしかへらなかった。

三年前、残りの四千枚を超える原稿用紙をながめて、これを死後にのこすのは未練である。使ってしまおうと思い立った。

出版社がくれようという原稿用紙をことわって、これを使って書きおろしの本を何冊も出した。

きのうしらべたら、あとはもう千枚弱である。これなら、もうひとふんばりで、使い切るだろう。そう思ったらいい気持ちになった。

つくつくぼうし

こどものころ夏になるとセミとりに夢中になった。

毎朝何十ピキもとってきて、いくつかのカゴに入れて、セミのオーケストラをした。カゴに黒い風呂敷をかけると、鳴きやみ、とると、すぐ鳴き出す。風呂敷をとったりかけたりすると、あちこちのカゴのセミが鳴くというわけだ。

セミとりの上手なこどもだったが、つくつくぼうしはなかなかとれなかった。一日、三匹もとれればいい方。(クマゼミなどは何十匹もとった)

つくつくぼうしはセミの貴族である。ウタがうまくてセミ一番の音楽家でもある。神経質?なのだろう。アミを近づけると、さっとにげる。その前にちょっぴり、おしっこ(だろう)をかけていくから、にくらしい。

〃つくし(筑紫)こいし〃となくからつくつくぼうしというのだということは、こどもだから知らなかったが、姿がよく、なき声もよい。つくつくぼうしが鳴くと、夏も終りになるから、どこか哀愁がある。

今朝、洗濯ものを干していると(このごろ毎朝下着を自分で洗う)、すぐ近くの小枝でつくつくぼうしが突然なき出したから、おどろいた。人をおそれぬところがつくつくぼうしらしくない。東京のセミはすれていて、人をなんとも思わないのかもしれない。こちらがいる間ないていた。

正岡子規の句。

ツクツクボーシ雨の日和のきらいなし

竹馬

あるとき、ある雑誌の編集から電話。

「タケウマの友ってどういう友だちですか」ときく。こちらの原稿に、〝竹馬の友〟とあるのが、わからないといってきいてきたのである。

若い編集者らしいから、しかたがないが、竹馬はタケウマだが、竹馬の友となったらチクバのトモと読まなくてはいけない。タケウマのトモなどということばはない。

チクバのトモは、中国の古典にあらわれることばで、「幼な友だち」という意味。かならずしも竹馬に乗った仲間でなくてもよい。

われわれのこどものころは乗ったが、竹馬は昔のこと。いまどき見ることもなくなった。

そう思っていたところ、先日、テレビで、少女たちが竹馬にのって、喜々としている様子を伝えたからびっくりした。映像でよくはわからなかったが、プラスチック製のように見えた。

かつてはめいめいが青竹を割ってこしらえたものである。

ちょっとのるのにコツがいる。へたをすると、ころんだり、落ちたりする。そのスリルがあって竹馬はおもしろいのである。

もちろん男の子のものであった。女の子で竹馬なんかにのったら、もの笑いになったに違いない。

それがいま少女に人気がある。ハイヒールを高くしたように思っているのかもしれない。竹馬にのってもオテンバなどとは言われない。

人生の停年

年をとると、人の年齢が気になる。亡くなった人ならなおさらである。そして自分より若いか、年上かということが大きな意味をもつように思われてくるのである。

若いときは、亡くなる人はみな年上であった。そんな年なら亡くなってもおかしくないと軽く考える。

だんだん年をとるにしたがって、亡くなった人たちとの年の差が縮まり、やがて、同年代の人が亡くなっていく。淋しさと不安を覚える。

このごろは、三人亡くなった人がいれば、二人は年下、自分より若いのである。それですこし生きすぎたのではないかと思っておちつかない。

そして、いつまでも生きているつもりなのか、と自分にきいてみる。人間だれだって死ぬにきまっている。すこしくらい早い、おそいといって、気にするのはひとつの迷いである。そう考える。

生かされているのはたしかだが、いつ死ぬのか、まったくわからないというのはうれしくない。

勤めには、停年がある。多くの勤め人は、停年の直前になるまで、おぞましい停年のことは考えないようにする。そして、停年でショックをうけ、そのために、大病したり、亡くなったりする。

自分で自分の人生の停年をつくろう。そうすれば安んじて生きられる。その停年を何歳にしたものかと目下思案中。

モモ太郎

桃太郎の話をきいて、モモというくだものがあることは知ったが、実物は知らなかった。すこし大きくなって、親戚の家へ行って、そこのこどもと遊んでいたら、「モモをとりに行こう」といって畑のすみへつれて行った。

かじったモモは、かたくて、あまりうまくなかった。

大人になって、ある夏、岡山に一週間くらい滞在したことがあり、有名な白桃を毎日、三コ四コと食べ、すっかりモモ好きになった。〝モモ太郎〟になった、といってうちのものに笑われた。

以来、モモには目がない。ナマのモモのたべられない季節はカン詰、ジュースでがまんをする。

夏はモモがあるからうれしい。もっとも、モモは食べるのがやっかい。手がべとべとに濡れる。そのままで、シャツなどに触れると色がついて消えなくなる。すぐいたむのも困るが、好きだから、そんなことを言うまえに食べてしまうから、面倒はない。

そして、以前から、不思議に思っていることがひとつある。

俳句でモモは季語になっているが、モモといえば、モモの花のことであって、食べる実のことではない。花もきれいではあるが、実のおいしさにはかなわない。俳句は味覚オンチか。

野に出れば人みなやさし桃の花　　鬼貫

両の手に桃と桜や草の餅　　芭蕉

うまい酒

イギリスに「うまい酒には看板はいらない」ということわざがある。六百年前にできたらしい。うまい酒ならだまっていても、人が飲みに来てくれるというのは居酒屋の話である。

われわれの国で、桃李(とうり)もの言わずして下(しも)、おのずから蹊(けい)をなす、と言うのに通じる。

考えてみると、しかし、すこしおかしいところがある。まったく宣伝をしないでいては、うまい酒のあることを知る人はない。どうして、良酒のあることがわかるのだろうか。そういう疑問である。

それから百年あまり後のシェイクスピアは、〝うまい酒にはりっぱな看板が必要〟ということばをのこしている。お客の入りをいつも気にしていた芝居小屋の経営者でもあったシェイクスピアは、さすがに目のつけどころが、ちがう。

うまい酒はりっぱな宣伝によって、ますます、うまくなる。ほっておいては、うまくない。いくらうまい酒でも、これを周知させる努力がなくてはいけない、ということを、この大詩人は見抜いていた。

それは昔のこと、二十一世紀のいまは、さらに一歩すすめて、「りっぱな看板がうまい酒をつくる」というのが正しい。

すぐれたピー・アールによって良品は世の中に出、広まる。

新しく発足した小さな販売専門の会社の社員たちに、こんな話をした。激励のつもり。

おかゆ

久しぶりというほどではないが、しばらくぶりに京都へ行った。

泊まったホテルの朝食におかゆがあったから迷うことなく、注文する。

もともと、おかゆはあまり好きではない。食べるのはかたくたいたご飯にかぎると思っている。

こどものとき、病気で入院して、毎日毎日、おかゆを食べさせられた。病院で食べるもののおいしいわけがない。それでおかゆぎらいになった。

中年になって、すっぽんの雑炊が好きになり、おりがあれば賞味したが、雑炊はおかゆとは違う。

思いがけず中華料理で食べた白がゆは、意外にうまいと思った。それからすこしずつ、おかゆが好きになったようである。

それでもとくに食べたいとは思わない。しかし、このホテルのように、メニューにあれば、食べてみようかという気になる。

由来、京都の人は昔からおかゆを食べてきた。米を節約するためだという説をきいたことがあるが、本当かどうか知らない。

ただ、消化によいのははっきりしている。親戚に胃の弱いのがいて、年中、おかゆばかり食べていた。

ホテルのおかゆは、高い料金をとるせいだろう。やたらと、おかずがついていてうるさい。

やはり、おかゆは、梅干とつけものくらいで食べるのが本当だと思う。みそ汁も合わない。

八十円・九十円

郵政民営で、これまで預け入れ一千万円までとなっていた限度を撤廃すると小泉首相が胸をはって発表した。

そんなこと当り前だ。これまで限度があったのは銀行の横車におされた措置である。民営になれば、銀行と差があってはならない。

本当のサービスはそんなことではない。本業の郵便料金を見直さなくてはならないはずだ。

現行料金は、定形封書、二五グラムまで八十円、二六グラムから五〇グラムまで九十円。五〇グラム以上は定形がなく、すべて定形外となって、七五グラムまで百四十円。

自分は手紙を出したことのないお役人が考えたことで不便きわまりない。

一般の人間で、二五グラムか二六グラムかの区別のつけられるものはない。面倒だから手紙はやめにしよう。そういう人がどれくらいいるかわからない。

料金のはっきりしない郵便物は局へ行ってはかってもらってはじめて出せる。わたしは前々から、特別のハカリをそなえていて、いちいち重量をはかる。これだってわずらわしい。

すみやかに郵便料金を簡素化しなくてはいけない。そうでなければ、いずれ、個人の郵便物は消滅してしまうだろう。

そういうことを棚に上げて組織だけいじくってみても庶民にとって何の利益もない。

ミス

ある学校のクラスに同姓の生徒がいて、担任の先生は、よく二人をとりちがえた。

あるとき、そのひとりの生徒の母親が、学校へ来て、担任の先生にこどもの様子をきいた。

先生は同じ姓のもうひとりの親とばかり思って、いろいろ話した。母親は感心して帰っていった。そしてうちで、こどもに言う。

「あの先生は、わたしの知らないことまでお前のことをよく知っている。感心だ……」

病院でも、ときに、患者をとりちがえることがある。いつかは、人違いをして、手術をしてしまって大問題をおこしたこともある。

そんなことにコリてか、いまは大きな病院では、看護師が注射するときにも、いちいち患者に名前を云わせて、間違いのないようにしている。

これはアメリカのはなし。女優のデボラ・カーが旅行して山中のホテルに泊まったところ、もともと悪い目が急に痛み出した。

町には、たまたま、二つしか病院がなく、ひとつは眼科、もうひとつは精神科で、それが並んで建っていた。目の悪いデボラ・カーは眼科院のつもりで精神科医院に入ってしまった。院長に向かって「私、女優のデボラ・カーです」と言う。院長はおどろいて、

「それはたいへんです。いつからそう思うようになったのですか」とたずねたそうである。

定期券

地下鉄の六カ月定期券をもっている。

勤めもないクセに、どうして定期券がいるのか。心なき人はそうきく。散歩のためだ、とこたえると、心ある人もアキレた顔をして、どうして、近いところを歩かないのかと質問する。

近いところをあるいては、すぐやめてしまう。やめてもタダだからである。高い定期券を買って散歩すると、歩かなくては損をする。休んでも損だから、ムリをしても歩くことになる。それで定期券を買って、遠くを毎日散歩する。それがもう十年以上つづいている。

それはいいが、よくないのが、定期券はなくなる、落す、ということである。わたしはうっかりしているせいか、二年に一度くらいの割で紛失している。

たいていは、出てこない。ひどい損をしたように思って何回もしょげるのである。

つい先日も、なくした。落したらしい。どこときかれてもわからない。わかっていれば落しはしない。

それらしいところをさがしてみたが見当らない。あきらめることにしたが、それでも、買いかえるのはしばらく見合わせた。ひょっとするとと思ったからである。

ひょっとした。出てきた。落ちていたのを乗客が届けてくれたという。ありがたかった。この世もまんざらすてたものではないと思っていい気持ちである。

定期券にはこういういいこともある。

ノドにつまる

ある人が「人間も、イヌやネコのように、頭を下げてものを食べないといけない」と妙なことを言った。

何のことかというと、食べたものが気管支に入って肺炎をおこし、それがもとで亡くなったのについて、ものの食べ方が悪いというのである。

この人に言わせると、人間は、直立歩行するようになって、ものを食べるときに上を向いて、前方を見てたべるようになった。それがいけない。どうしても、食べたものが食道からそれて気管支の方へ流れこみやすい。これがこわい。入れば肺炎になる。さもなければ、窒息する。

ある作家は、すしを食べながら仲間と談笑していた。すしの赤貝が気管支をふさいでしまって、いきができなくなり、あっというまに亡くなってしまったことがある。

はじめの人によると、「頭を下げてものを食べるイヌやネコには、こういう窒息ということが決しておこらない。人間も、そうすればいいのに、二本脚で立ち、歩くようになって、頭を下げて食べることをしなくなってしまった。それで、肺炎になったり、窒息したりする。正月のモチだけが危ないのではなく、三度三度の食事がつねに危険である」そうだ。

しかし、イヌやネコのまねをしてものを食べるのはごめんである。ただ、ノドにつまらせるのも困る。

ドーピング

ハンマー投げの室伏選手が繰り上げで金メダルになった。優勝したハンガリーの選手がドーピングで失格、メダルをはく奪となったからくり上げられたのである。どうも後味がよくない。ドーピングとは、運動能力を高めるために、禁止されている薬物を使用することで、犯せば、スポーツ選手としての名誉をすべて取り上げられる。

メダルをとり上げられたハンガリーの選手は、他人の尿を自分のと偽って、検査をすりぬけようとしたのが見破られた。

こんどのアテネ・オリンピックは、近来になくドーピングの選手が多かったという。不名誉な記録である。表面に出ないところでも、まだまだドーピング選手はいるのではないか。われわれだってそういう想像をする。幸い日本選手で摘発されたものはなかった。

スポーツは正正堂堂と、技を競うものでなくてはいけない。フェア・プレーの精神が大切である。

しかし、オリンピックで入賞という名誉は、うっかりすると、選手たちに、フェア・プレーを忘れさせる。コーチなどがドーピングを指導しているケースもあるというから、なげかわしい。

オリンピックが商業的になり、いたずらにショー化してきた。こちらはもともとスポーツ好きだから、ドーピングのはなしをきいて、オリンピックがきらいになりかけた。もっとフェアにやってくれ、と思っている。

詐欺

「料金未納の最後通達書」と朱書したはがきが来た。

電子通信料金が未納になっている。その取立てを当社が委託したから、代って請求する、とあり、さらに「お客様の場合、未納分に対して日々延滞が生じている状態」だと、根も葉もないことを並べ、一週間以内に払わないと財産の差し押さえその他の「法的措置」をとる、とおどしている。

こちらは、電子通信などまったく縁のない人間だから、なにを寝ぼけたことを言うか、とハラを立てたが、イーメールなどをやっている人だったら、ひょっとして未納なのかもしれない、とあわてるかもしれない。

この春、年金生活者のところへ、あなたは年金を十何万円、もらいすぎている。一週間以内に返還しないと、差し押さえをうけると、おどした文書を受けとった老人がすくなくない。本気にして、払った人があったというから笑いごとではない。

年金詐欺が老人を相手にしているのは、オレオレ詐欺と同じである。こんど私のところへ来たおどしは若い人、中年をねらっているところが新しい。

こんどのおどしはハガキ、一枚五十円かかる。百枚出して五千円である。それにひっかかる人が五人いるとして、各五万円づつとられるとすると、詐欺師は二十四万五千円のもうけになる。

ひまだから、そんな計算をして、たのしんでいる。詐欺にかからぬようお互いにご用心。

命　名

このごろの若い親、とくに母親は、こどもの名前にコる。びっくりするような名をつけて得意な人がすくなくない。

そういう人たちが、使える漢字がすくないと言うので、法務省が、人名漢字を大幅にふやした。

わたしは、こどもが生まれたとき、名前を考えるのが面倒だから、恩師につけてもらった。名前をつけるのは難しいものだと、そのころからわかっていたのだろうか。

こどもの名前ではないが、いま命名前に頭をなやましている。

何のことかというと本の題名である。

五年の間、毎月、雑誌に連載していた短文が、ちょうど一冊分の量になったから、出版してもらうことにした。

それはいいが、書名をどうするか、出版社の人も考えてはみるが、著者に考えてくれと言われた。

ずいぶんいろいろなことの出てくる雑然たる内容だから、それをまとめるいいことばがなかなか見つからないのである。

雑誌連載の通しのタイトルは〝木石片々録〟というのだが、こんな古風な名前では「本になりません」と出版の人から言われた。なるほど、そうだと自分でも思って、題名さがしを始めてもう一カ月くらいになる。

こどもだけでなく、名前をつけるのは難しいものである。ホトホト困っている。

ニギリズシ

イギリスに「オックスフォード英語辞典」（ＯＥＤ）という世界一の辞書がある。英語だけの世界一ではなく、すべてのことばの辞書でこの右に出るものがない。

八十年ちかい準備期間ののち出版されてから八十年以上になる。フランスがこれにまけないフランス語辞書を作ろうとして果さず、ドイツも同じような国民国語辞典を作りかけて失敗、アメリカはアメリカ英語の大辞典をつくりかけＨのところまでで頓挫した。ひとりＯＥＤは最大最高の辞書の座を誇っている。（日本の国語辞書はＯＥＤの足もとにも及ばない）

そのＯＥＤは、時代とともにあらわれる新語も丹念にひろって、十年ごとくらいに補遺を出してきた。

最近出た補遺には、日本語から入ったものとして、新しくＮＩＧＩＲＩＺＵＳＨＩ（ニギリズシ）が入っている。

ただのＳＵＳＨＩ（スシ）は前の補遺版に出ているが、ニギリズシということばはこんどはじめて収録された。

スシはかねてから欧米の人から注目されていた日本の食べものである。しかし、ナマの魚を食べることに抵抗のあった欧米人はこれを変ったものと見ていた。

それを考えたのはアメリカ人で、二十年くらい前からしきりにスシを食べるようになった。スシはしゃれた食べものとして人気がある。そのスシはニギリであるが、ニギリズシということばはなお外国では一般的ではない。

病　気

病気は土地によって違うらしい。多いところもあればそうでないところもある。先日、本紙(米澤新聞)にのった「都道府県別死者数、死亡率」の一覧をながめてそう思ったのである。

まず死亡者数だが、これは大都市のあるところが多いのは当然で、トップは東京、②大阪③神奈川④愛知まではなるほどと思われるが、五番目がどうしたわけか北海道である。京都が十四位であるのも目をひく。

山形県は三十一位で、これは低い方である。低いほどよいのである。いちばん低いのは鳥取。ところで、死亡率となると、これとはだいぶ順序が異なる。これも低いほどよいのだが、もっとも高いのは、秋田県である。人口十万人に対して死者一〇八三人。二位は島根、三位が高知、四位徳島、五位山口。そして山形県が六位でこれにつづいている。

一方、ガンで亡くなった人の死亡率を見ると、トップはここでも秋田県である。二位島根、三位鳥取、四位山形、五位山口の順である。一位がいちばん悪いことになる。

これを見て、となりの県同士仲がいいのがわかる。秋田と山形、島根と鳥取などが似たような死亡率である。

それと、日本海に面した県の死亡率が高いのが注目される。海と健康、病気となにか関係があるのだろうか。シロウトはそんなことを考える。

しゃれ

このごろの若い人は、しゃれや冗談が好きだ。テレビのアナウンサーでも、しゃれをいう人に人気が出る。

ある人に言わせると、昔のように上下関係のやかましいタテ社会では、笑うのは不真面目とされて、おかしくても笑ってはいけなかった。

ところが近ごろは、ヨコ社会、お互いの同士の世の中になって、冗談やしゃれが喜ばれるようになった。笑いは美徳になりつつある。

しゃれは、たいてい、たわいもないことば遊びのようなものである。いくつか例をあげてみる。

「あの人の話はピーマンだから……」

「どうして?」

「中身がない」

×

「あの人、スーパーマンだよ」

「空とぶの?」

「それは本場アメリカのスーパーマン。日本では、帰りにスーパーへ寄って買いものをするサラリーマンをスーパーマンと言うのさ」

×

「あの人の頭、ちょっとアメリカンだね」

「いや、ゴリゴリの日本人だよ」

「コーヒーの薄いのがアメリカン。あの人は髪がうすいでしょう。だからアメリカン」

×

娘「母の日のプレゼント、ピンからキリのピンで、ヘアピンにしました」

母(電報で)「テンカイッピンアリガトウ」

新しょうが

十日ほど前、駅前の朝市で葉のついた新生姜を見つけたから買った。ことしの初もの。好物だから、わけもなくうれしかった。一束百二十円である。

葉を切りおとして、クキから先にする。筆に似ているから、これをフデと呼ぶところもある。味噌をつけてかじる。ひねた生姜のようには辛くないが、ちょっと刺激的である。その味をたのしんでいる。

それがなくなったから、近くのスーパーへ行ったが、なかった。それでは、とだいぶ離れた大きなスーパーへ行く。やはり見当たらない。どうしてないのかと未練がましく棚の前を行き来していると店員が通りかかった。

「葉のついたしょうがないですか」

店員が、

「奥にあります。もってきます。何束いりますか」

ときく。わざわざ倉庫までとりにいかせるのに一束とは言いにくい。はずみで、

「二束ください」

と言ってしまう。

これは一束百二十八円であった。それはいいが、一束は四本ある。二束で八本。うちで食べるのはわたしだけだから、全部たべるのに、かなりかかると思いながら帰る。急いで食べないと、しなびてしまう。

ただかじるだけでは追いつかないと思ったから、おろし金ですって、焼いたサンマに添えてみたが、やはり、これは旧生姜のようにはうまくない。

それで毎食、生姜をかじっている。

伝承の学問

客人「ことわざ研究会のものです。……ご講演をお願いにきました」

主人「わかりました。お引き受けします。ところで、会でことわざ研究をはじめてどれくらいになりますか」

客「そろそろ二十年です」

主「それで研究会ではなくてことわざ学会をお作りになりませんか」

客「学会ですか。そこまではまだ……」

主「ことわざ学という学問は必要です。いまの知識人はたいてい、ことわざをバカにします。かれらの身につけているのは、本に書いてあった知識です。ことわざは本の知識ではありません。声で言いかわされ、ひろまり、多くの人の心の中に残った知恵がことわざになるのです」

客「そう言われれば、そうですね」

主「いま学校で教えている知識はほとんどが、本に書いてあることです。書いた人たちは知識をもっていますが、生活の中から生み出した知識ではなく、ほかの人ののこした本を読んで得たものです。本を読み、本を書く人は、全体の一%もいない、特別な人たちです。有閑有識、特政をふるう人たちが文筆、著述、読書をしました。ほとんど大部分の人は額に汗をして働きました。そして、ひと休み汗をぬぐいながら考えたことがことわざになりました。これまでの学校が相手にしなかったことわざを、本格的な学問にするのです。

ネコさまざま

ネコ好きだと自称するAがやってきていう。

「うちのネコは上品ですから、弱いのです。この間もピアノの上にのっていたと思ったら、床に落ちたです。すると腰が抜けたみたいで動けません。イヌネコ病院へつれて行きましたら、骨折だそうです。昔のネコは九つの命をもつ、つまり、めったに死んだりしない、と言ったものですが、このごろは上品で、すぐ骨を折ります」

某日、やはりネコには目のないというBが訪ねてきて自慢した。

「ボクはこのごろ、ネコをつれて散歩します。おもしろいですよ。イヌなんかと散歩している人の気がしれませんね。イヌとはちがってなかなか思うように動いてくれませんが、飼い主としては、そこがまた、なんとも言えないおもしろさです。うちの近くでは、ネコと散歩している人、ほかにもいます。流行じゃないですか」

これまたネコ族のCがやってきて、こんなことをいった。

「イヌは人につき、ネコは家につくといいますが、あれはウソですね。すくなくとも、よくなついたネコは人につくことイヌにまけません。うちのネコがそうで、私が外から帰ってきて玄関に近づくと、その足音で、主人が帰ってきたと思うのでしょう。玄関まで迎えに出てくれます。昔のネコとは、ちがいますよ」

E　R

このごろアメリカのテレビドラマ「ER」(救急救命室)というのを欠かさず見るようにして

いる。不思議なドラマである。

はじめは、いやだった。とにかく、やたらにいろいろな人物が登場する。たえず患者がはこび込まれ、ERはまるで戦場のようである。

だれがだれとどういう関係にあるか。どういう話があるのかもはじめははっきりしない。ただ騒然たる現実感だけがいたいほど感じられる。こういうドラマはなれるのにすこし時間がかかるのである。

見なれていると、だんだん、細部がわかってくる。まるでストーリーがないように思っていたのが、いくつかのストーリーが同時進行しているのだということもわかると、ガゼンおもしろくなるのである。

アメリカ人はこういう手法で、現実を表現することを発見したのであろう。新しいドラマである。

これまでのドラマ、芝居は、ひとつのストーリーで一貫している。ひと筋の糸のようなプロットをもっていて、わかりやすい。

そういうドラマになれてくると、一本の筋だけではすこしもの足りなくなる。そういう観客にこたえて、ダブル・プロット、つまり、筋の二本ある作品が生まれる。

さらに見る人がドラマずれしてくると、このERのように、たくさんの筋の糸のからみ合っ

たようなドラマがあらわれる。新種のドラマというわけである

足湯

列車をおりて、改札の方へ歩いていくと、植込みの向うから、
「いい気持ちね」
という声がする。のぞいてみると、何人かが湯に足をつけている。それで、「足湯」というの、ぼりが立っているわけがわかった。

こういう温泉の入り方がほかにもあるかどうか知らないが、おもしろいサービスである。駅のアイディアにちょっぴり感心した。中央線上諏訪である。

ただ、旅行してきた人間が、靴をぬいで、足をぬらす、あと、ふいてかわかして……と考えると、われわれのようなモノグサ旅行者はちょっと敬遠したくなる。ひとのしているのを見るのはおもしろい。

夜の宴会は、イワナ釣りにこっているという土地の人たちの招待である。

このあたりはイワナがよくつれるそうで、主人側の一人は、一日に三十尾くらいをつり上げるそうである。なれない人だと二、三尾しかつれないらしい。

この席をもうけたのは、実は、これを召し上がっていただきたかったからだ、といって出されたのが、骨酒である。

イワナの骨を焼いたものを酒に漬けてつくるものだというから、「フグのヒレ酒のイワナ版とおもえばいいですか」ときくと、「そうです、そうです」ということだった。

フグのヒレ酒はすこし臭いがつよいが、イワナの骨酒はずっと淡白。うまい。

もっとも下戸のこちらの言うことだから当てにはならない。

少　年

こどものとき、いちばんはじめに心に留めた名言は、

「少年老い易く、学成り難し」

であった。そのあと、

「一寸の光陰、軽んずべからず」

とつづく。

いかにも教訓的である。もうすこし曲のある言い方はできないものかといまは思うけれども、こどもは、こういう教訓が案外好きだからおもしろい。

いまは、教訓なんて、竪苦しい、古くさい。若ものは反発するにきまっているというので、大人の方が遠慮する。このごろの中学、高校生で、この詩を知らないものはすくなくないと思われる。

知らなければ、教えてやらなくてはいけない。努力ということは、いつの時代にも大切なことである。努力しないでできることは何ひとつない、といってよいほどである。

ところで、たいへん有名なこの詩の出所がはっきりしないというから、おどろく。はじめは、中国の朱熹の詩であるとされていたが、篤学の人が朱熹の書きものをくまなく当たって、しらべたところ、どこにも見当たらなかったそうである。どうやら、この出典は誤りらしいとなった。

江戸時代の本によると、この詩は、五山の僧、惟肖得巌の作として出ているそうで、いまは日本で生まれた詩であるということになっている。

脚の痛み

十日くらい前から左脚の膝が痛む。たいしたことはないから、二、三日すれば治るだろうと、ほっておいたが、よくならない。悪くはならないかわりに、よくもならない。

ひょっとして、悪い病気のせいかもしれないと思い出したら、おちつかなくなって、近くの整形医院へ行った。

ここは数年前の開業だが、その最初の日、いちばんのりの患者として、特別扱いしてくれるから、気安にちょっと変だと、行くので、院長とも軽口をきくくらい親しい。こういう医者は味方のような気がする。

一目見ただけで、すこしハレています、という。自分ではそんなこと気付かなかっただけに、さすが専門家だ、とひそかに舌をまいた。

年をとると、膝にくるのはめずらしいことではない。ことに女性で、太めの人に膝の故障が多い。八対二くらいで女の人に多い、と院長はいう。体重が関係するが、あなたの体型では、そんな大きな負担はかかっていないでしょうから、ひどくなる心配はすくないでしょう。念のため、レントゲンをとります、といった。すぐできた写真を見せながら、説明してくれた。それより年のわりに、膝の骨がしっかりしています、といわれたことが、ひどくうれしかった。

ハリ薬をもらって帰る。すでにすこしよくなったような気がする。

カルピス

カルピスは、戦前、われわれのこどものころからもあったらしいが、「カルピスは初恋の味」などという宣伝をしたものだから、田舎の堅い家庭では、こどもに飲ませなかった。その後、人気が高くなって、お中元にはカルピスを贈るのが流行になったこともある。さらにその後、すこし人気が落ちたこともあったが、カルピス・ウォーターというものを売り出して挽回したようである。

先日そのカルピスの新しい飲み方に出会った。

いつも散歩のかえりに立ち寄るホテルのコーヒー・ハウスへ入った。なじみのボーイがニヤニヤしながら注文しなかった白い飲みものをもってきた。

飲んでみると、カルピスの味だが、それだけではない。きいてみると、カルピスとミルクとヨーグルトをまぜ合わせて冷やしたものだという。名はまだないそうだ。

「実にいい。うまいものを考えたね。女の人にはことに受けるね」

といってほめると、ボーイが半分まじめ顔になって、

「これを看板にして喫茶店をひらいたら成功しますかね」

と言う。ひょっとすると、本気かもしれない。

うちで作ってみた。混合の割合などにどこかコツがあるらしく、うちで作ったものは三つがバラバラになってしまって、ダメ。

やはり、あれで店は開けるが、売れるのは夏の中だけ。

コンプレックス

AとBは年来の親友。

あるときふたりで旅行した。船で四国へ渡るのである。まだ本四大橋のないころのこと。甲板へ出てふたりでしゃべっていて、Aが、

「よくハレたね」

と大きな声で言った。すると、Bが急に黙って、不機嫌になった。Aにはそのわけがわからなかった。

Aがいけなかったのである。Bの頭はうすい。日ごろからそれをたいへん気にしている。コンプレックスになっていた。それで「よくハレた」を「よくハゲた」と聞いてしまったのである。

これとは違うが、お互いにめいめいコンプレックスをもっている。中でも、自分の名前に対して敏感になっている。

その証拠に、ひとから自分の名前を呼ばれると、わけもなく、ギクリとする。

人ごみの中で、知友ではないかと思う人がいる。しかし、そうかどうか自信がもてない。

そういうとき、いい方法があると、知り合いの言語学者が教えてくれた。

その人のうしろから、小声、ひくい声で、名前を言ってみる。

本人なら、かなり小さな声でも振りかえる。違えばもちろん知らん顔である。自分の名には敏感でも、ほかの名はよく聞こえても、きこえないのと同然、反応しない。

ひとのコンプレックスに触れないようにしないと、はじめのA、B君のようなトラブルになる。

写真はがき

古い友人からもらったハガキの片面は写真で、晩秋(平成十五年)の長野はあずみ野のワサビ田をとったものだとある。

ワサビ田を見たことはあるが、こんなに美しいものとは思っていなかった。よほどカメラがいいのだろう。それ以上に腕もいいに違いない。しばらく見とれていた。

このごろ、写真はがきをもらうことが多い。本紙(米澤新聞)の清野社長から頂くはがきもたいてい写真入りである。すばらしい写真がすくなくない。それは、読んでいる本や日記のしおりにして、おりにふれてながめるのが楽しみである。

明治の文人は好んで自筆の絵入りはがきを書いた。知識人の教養でもあったようである。戦後になって、その伝統が、イラスト入りはがきになってよみがえった。若い人たちがしきりにイラスト入りはがきを交換した。

それがすこし下火になったかと思われるところになって、写真を刷り込んだはがきを出す人が多くなった。現代の風流というものであろう。

ひとつには、デジカメの普及のせいである。こちらはとんと不案内だが、デジカメというのは、実におもしろいものらしい。かんたんに自分ではがきに写真が印刷できるというから、おどろく。

現代は殺伐としているといわれるが、写真はがきを送るというのは、風流である。進歩だといってよい。

離婚

いたいけな、かわいい男の子のきょうだいが、同居している父親の後輩によって殺される、という事件はいろいろと凶悪犯罪が多く、すこし事件ずれしている一般の人たちにも大きな衝撃を与えた。

伝えられるところだけでは、真相はよくわからない。

もちろん殺した犯人が悪いのははっきりしているが、それだけでは事件はおこらなかったにちがいない。

父親が悪い。こどもをつれて後輩のところへころがりこんだ。生活費も出さずに威張っていたという。犯人が、こどもに当たるようになったのはしかたがないかもしれない。

児童相談所がしっかりしていれば、こどもを助けられたかもしれない。警察も通りいっぺんの処理をしなかったら、やはり、悲劇はさけられたかもしれないと思われる。

こどもたちの祖母も心のやさしくない人だという感じである。

まわりはみんな悪いのであるが、いちばんいけないのは離婚である。二人の子を父親に押しつけて消えた母親はどういうふうに思っているだろうか。

両親が別れなければ、このふたりのきょうだいは、仕合せに育ったであろう。

いちばんの原因は離婚である。戦後、離婚がかんたんにおこなわれるようになった。いちばんの被害者はあとにのこされたこどもたちである。離婚する人たちはそれをよくよく考えるべきだ。

百　寿

ある出版社の人から、きかれた。

「九十九歳のことは白寿というのは知っていますが、百歳の祝いは何というのでしょうか」

というのである。

百歳の祝いには、名がないのである。しいてつければ百寿。これまで、そんな長生きをする人がすくなかったから考える人もなかった。

九十九は百から一ひくと白になるという判じものみたいである。

ちなみに、年祝いの名をあげると——

六十歳　還暦(十二支十干がひとまわりするから)

七十歳　古稀(杜甫)の詩「人生七十古来稀なり」にちなむ。

七十七歳　㐂(喜の草書体)寿(七がならんだ㐂による)
八十歳　仐寿(サンジュ。八十をかさねると仐(サン)になる)
八十八歳　米寿(米の字が八十八と分解)
九十歳　卆寿(九と十とで卆(ソツ)になる)
九十九歳　白寿(前述)
百八歳　茶寿(茶を艹［二十］と米［八十八］に分解、合わせて一〇八)
百十二歳　珍寿(ここまで生きるのは珍しい、というので)

いまの日本、百歳をこえた人が二万人以上いるという。おどろくべきことである。それなのに百歳を祝うことばがないのはいけない。かりに百寿ということにしたらどうだ。

ぬれ傘

このごろの、ことに若い人は、ぬれた傘がきらいである。すぐ乾かそうとする。

ある会社の東京支社。玄関脇にふだん使わない広いスペースがある。雨の日は、さしてきてぬれた傘を、ひろげて、ここで乾かす。色とりどりの傘が何十と並んで壮観である。

ある雨の日、京都の本社から社長がきて、この傘のオンパレードを見て、ハラを立てた。だらしない。みっともない。どうせ、帰りはまたぬらす傘である。こんなにほしてどうなるかと怒った。社員はなぜ、そんなことで怒られなくてはならないのかわからず、ポカンとしていたそうだ。

世代の感覚のずれというやつである。

雨の日、混んだ電車にのっても、以前のように、ひとのぬれた傘で衣服をぬらす、というようなことがすくなくなった。

みんな、駅へ着くと、傘をすぼめ、巻きつけて、ぬれたところがひらひらしないようにしている。

みんなそうしている。していないのは、年寄りくらい。中高校生でも、ぬれた傘をまいて乗ってくる。

いつも感心だと思っている。いろいろとマナーが悪くなるばかりの現代であるが、このぬれた傘の扱いだけは、自慢していい。

新しい時代には、やはり新しいマナーが生まれるのであろう。傘の扱いはそのひとつ。京都の社長は、その変化をご存知なくて、ハラを立てた。

子ネコ

「毎日のようにネコをつれて散歩しています」と若い友人が便りをよこしたのは、ことしのまだ暑くならないころだった。ネコなんて散歩させるのは普通ではない、と言ってやると、「流行しているのを知らないのか」と言ってよこした。

暑いさ中、昔の友人に会った。何しているのか、ときいたら、「ネコを飼っている。忙しい」という。ネコがどうして忙しいのか、さらにきいてみると、十何匹かっているそうだ。犬もたくさんいるし、世話が大変で、朝など目がまわるくらいのおおさわぎ。自分の朝めしは、九時すぎになる、と笑った。

どうも、よくわからない。どうして、そんなにネコをかわいがるのか、気がしれない。こちらは、もともとイヌ、ネコが好きではない。ことにネコはきらいだ。

十日ほど前、夕方、出先から帰ってくると、家の門柱のところに白いものがぼんやり見える。よく見ると、白の子ネコである。そばに茶と黒の同じく子ネコがいた。

こわいのを知らないらしく、近づいても動こうとしない。それがいい気持ちだった。

それから毎日、家のまわりのどこかで三びきの子ネコを見かけるようになった。宅急便の配達から「とうとう戻ってきましたね」とやられて、さすがに、ちょっと、あわてているが、すぐに追い払う気にはなれない。ネコ好きにかぶれたのかも。

金を引き出す

このごろ自分の預金を出すのにままならぬことがすくなくない。

一万や二万ならどうかしらぬが、すこしまとまった額だと、銀行はひどく警戒する。本人確認が必要だ、といって、住所をかかせ、電話番号、生年月日を記入しろという。それでいいかと思うと、身分証明書が見たいという。写真のついていないものはダメ。免許証か保険証を出せという。

よく行っていて、こちらが行員の顔を覚えているのに、白々しく「本人確認をさせていただきたいから、免許証をもってこい」、という。知っている人間の顔を見ているのに、なんということかとハラを立てる。

ハラを立てたくなかったら、銀行など行かないことだが、そうもいかない。

今朝、銀行へ行くと、明治四十三年生まれで、目がよく見えないと引き出しの用紙を行員に頼んで代筆してもらっている老人がいた。

窓口で、本人確認ができないと金は出せない、といわれている。保険証などをもってきていない。

銀行のすこしえらいらしいのが出てきて、お宅へいま電話してたしかめていいか、ときく。老人が妻は病院へ行って不在だと答える。銀行「よわりましたな。お金は出せません」老人「せめて半額でも出せませんか」銀行「規則できめられていますので……どうも」

老人はハラも立てずよろよろ帰った。それを見ていて、ひょっとすると、怪しいかも、と思った。

台　風

ことしは台風の当り年だという。これまでに二十二コ(台風は一コ二コと数えるらしい)発生、うち九コが日本列島に上陸した。

九州から日本海へ抜けるコースをとるのが多いが、先日、十月九日(平成十六年)の二十二号は、関東を直撃した。久しぶりで東京の人間は、テレビの台風情報にくぎづけになった。

気象台の言うことがはっきりしない。台風は東海地方へ向かっているという。東海地方といったって広い。そのどこかはっきりしてくれ、と思っていると、こんどは、静岡の沿岸に向かっていると言い変えた。

静岡県は東西に長い県で、幅一〇〇キロはある。ただ沿岸といったって、東か西で大違いである。

じれったがっていると、いつのまにか横浜がひどくやられている。いや、千葉の上を中心が通るらしい、と伝える。

その間に、東京の風雨は峠をこえた。多少の被害はあったらしいが、まずは無事であった。あとで知り合いの商店主に会ったら、雨が急にはげしくなり、入るはずのない道路の水が店内に流れこんだ。

床にあった商品を大急ぎで上へあげたり、土のうを積んだりして、たいへんだった、という。「厳重に警戒してください」と気象庁がさけんでみせるが、どうすれば「厳重な警戒」になるのか、わからない。この店主はそう言って笑った。

漱石の不幸

夏目漱石は国民的大作家である。こんなに文達めでたき文学者はほかに見当たらないように思われているが、かならずしも、そうではない。すくなくとも、漱石の本懐は小説家でなかった。

漱石は、はじめ、文学の学者たらんとした。そのために血のにじむような勉強をした。その結果、当時、世界に比を見ない「文学論」をつくり上げた。

東大の文学部で、これを講義したところ、理解する学生はひとりもなく、不評であった。あまりにも新しかった。あまりに大きな問題であった。これが、漱石の不幸のひとつである。

たまたま、そのとき、半分なぐさみに書いた「吾輩は猫である」が、本人もおどろくほどの好評を博した。皮肉にも、これが漱石にとっては不幸になった。

学問をすてて、創作に専念することになる。大学をやめて朝日新聞社へ入社した。小説家漱石の誕生である。

「文学論」は世界的業績であるが、日本語である。外国人は読むことができない。日本人は読んでもその価値がわからない。早すぎたのである。

「文学論」が出てから二十年して、イギリスのケインブリッジ大学教授I・A・リチャーズがほぼ同じような文学論を発表して、世界をおどろかせ、アメリカの文学研究にまで大変化をもたらした。

それを知らずに死んでいった漱石の不幸は大きい。

荷おろし症候群

知り合いのHさんが倒れた。

九月末に大手出版社を停年退職、新しい仕事もきまって、よろこんでいたのに、十月に入ると体調を崩し、医者から、休養を命じられて第二の人生のスタートでつまずいてしまった。Hさんはさぞ口惜しいであろう。

長年つとめたところを辞めて、自由な身になり、これからはゆったり暮らしたい。そう考える人が、思いがけない病気に見舞われて、悪くすると、命を落としてしまう。

それを〝荷おろし症候群〟というのである。ことに責任のある仕事をした人が退職して、〝ほっと〟しているときに、病気にかかるのである。これにやられる人がすくなくない。

やはり知人であったKさんは小学校の校長をしていて、停年になり、「やれやれ、これからはのんびりできる」といって、好きな釣りにあけくれる日々を送り出した、そのとたんに、思いもかけない病気で、一晩で急死した。退職後二カ月しかたっていなかった。あとに残された奥さんは、世をはかなみ、自らの命を絶った。

こうなると、荷おろし症候群は初老の人間にとっておそろしい大敵である。しかしふつうの停年退職者で、あらかじめその危険に対して予防の手を打っている人はほとんどないようだ。現代における大問題である。年金などもらわないうちに亡くなるのだから深刻。

イチョウ

皇居の北どなりに北の丸公園がある。そこで毎朝ラジオ体操をする〝あけぼの会〟というグループがある。

先日の日曜日、この会で北の丸公園園内植物学習会がひらかれた。講師はこの公園の近くの博物館に長年つとめた植物の先生である。

これまで、見すごしていた植物をいろいろ教えられた。こんなに色々な樹木があるとは知らなかった。

あまり多くのことをきいたので、覚えていることはわずかしかない。

クスノ木は、台湾など南方から渡来したという。なるほど、それで木に南、楠と書いてクスノ木とよませるのだと、わけがわかった。

先日の台風でギンナンの実がたくさん落ちたが、ギンナンの青い葉をゆでてどうとかして焼酎に入れると血管をつよくする効果があるそうで、現にこの講師は、それで血管が若々しいと医者にいわれているそうだ。

ギンナンの木には、オスとメスのあることは知っている。メスにギンナンの実がなる。それでメスとわかるが、実のつかない季節にオス、メスを見分けることはできないと思っていた。

ところが、いいことを教わった。オスの木は上へ高くのびる。ほっそりしている。メスは枝を横に張るから、ふっくらしている。これで見分けがつく、という。

どこか、人間の男女差のようでもあっておもしろかった。

知能的

学校で勉強して、頭をつかうことを覚えたのだろう。このごろは、悪いことをするにも頭をつかう。サギがふえた。それもちょっと考えたサギである。

縁もゆかりもないお年寄りのところへ電話して、

「オレ、オレ、オレだよ」

といって孫のふりをする。相手が応じそうだと見ると、いまかくかくしかじか、急にお金がいる。

「助けてよ」

とやる。孫とはなれて暮らしている老人には、孫の声がすこしおかしくても、なつかしさが先に立って、いい気になり、大金を銀行などに振り込んでしまう。

たいていの孫が、おじいちゃん、おばあちゃんと離れて暮らし、めったに会うこともない。その淋しさをついた知能的犯罪である。昔のサギはこれほど頭はよくなかった。

「オレ、オレ」サギはなおあとをたたないようだが、新手があらわれた。

これも電話である。

「カアチャン、カアチャン」

と男の声で呼びかける。

「カアチャン」なんて息子から呼ばれていないおふくろでも、すぐには電話を切らないらしい。話をきくと、金を急送してくれ、と言われるのである。

何でも電話帳に出ている女の名に、かけまくるらしい。

こういうサギがあるというのは、家族の絆がいかにうすくなったかということを暗示する。

野　菜

スーパーへいくと、外国産の野菜が並んでいる。中国からのものが目につく。農業国の日本はどうしてもっと安い野菜を栽培できないのか。輸入しなくては足りないほど、日本の消費は大きいのかもしれないと思ったりもする。

どうも、そうではないらしい。

ある医師の書いた雑誌の記事を読むと、日本人は肉食人間になってしまって、野菜をたべない。それで糖尿病などの生活習慣病が急増しているのだと指摘している。

そんなものかと思って読んでいくと、数字が出ていて、うなった。

日・米・韓、三国の野菜の消費の比較である。

年間、一人当り野菜をたべる量は、

日本人　一一五キログラム

アメリカ人　一二五キログラム

韓国人　二三二キログラム

となっている。日本は最低である。アメリカに劣るのはわずかだが、韓国の半分というのは、ひどい。われわれは大いに反省しなくてはいけない。

果物なら、かなり食べているように思うが、これもそうではない。

同じく一人当りの年間消費量で比べると、

日本　五六キログラム

アメリカ　一二六キログラム

韓国　七〇キログラム

やはり最低である。韓国にも及ばず、アメリカの半分以下というのは、ひどい、まったくひどい。

イチジク

日曜の朝市をひやかしていたら、イチジクが目についた。珍しい。久しぶりに見たような気がする。思ったより安いから、一パック買って帰る。

冷やして食べてみる。思ったほどうまくない。

こどものころ田舎で育ったから、かつては、なつかしいものだった。どこのうちにもイチジクの木があって、こどもたちがよろこんで食べた。それが、いまの季節であるとは知らなかった、のではなく忘れていたのである。

イチジクの実の先がすこし口をあけていて、そこへいろいろな虫が来て蜜を吸っている。それでなんとなく不潔なような気がするのか、きれいずきな家庭では、イチジクを喜ばなかった。食べさせてもらえない子もいた。

しめったところを好む木だから、井戸ばたに植えてあることが多かった。実をとろうとして井戸の上の板にぶらさがって、井戸に落ちた子がいた。そんなことでもイチジクはきらわれたのかもしれない。

しかし、イチジクは甘くてうまいと思っていた。それがいま食べてみると、何のことはない。舌がうまいものになれたのだろう。

それにしても無花果と書いてイチジクとよませるのは無理だ。日本語の出来るイギリス人が、かつて、雲雀と書いてヒバリと読ませるのは無茶だと言った。無花果をイチジクとよませるのは無茶だ。

大声隊長

よく行くラジオ体操に、おもしろい人たちがいる。

体操の始まる前に、たいへんな大声をあげる。はじめは頭に異常をきたしているのではないかと思ったが、そのうちになれた。

体操が終ると、何人かが並んで、ひとりの〝隊長〟に〝敬礼〟といって、挙手の礼をするのである。

隊長はある有名な大企業の最高幹部をつとめていまは退職、悠々自適の身、という人らしい。部下は、近くの商店のおやじさんなど。

きのう、その隊長が、わたしのところへ歩み寄ってきて、

「わたしの隊に、大声部隊というのがあります。大声を出すのが専門で、わたしが隊長です。部下はまだ三人です」

というようなことを、ひとりでしゃべった。

「大声を出すのは、たいへん健康的です。このごろの生活では、大声を出すことができなくなりましたから、わが大声部隊は貴重です。でも、隊員が三名では淋しいですよ」

どうやら、こちらを、四名目の部下にしたがっているらしくもある。こちらは日ごろ、大声部隊をにがにがしく思っているのだから、部下になるなど、まっぴらごめん、である。

しかし、大声を出すのが体にいいことには賛成する。どこか人気のないところで大声を出してみるのなら、悪くないと思っている。

その場所がない。

東本願寺

京都へ行って、駅の上のグランピア・ホテルに泊まった。朝、食後の散歩に、本願寺へおまいりしようと思って、歩き出した。

前におまいりしたことがあるから、見当をつけて、小さな道へ入ったが、それらしいところへ出ない。人にきいて、二筋、西へ来すぎているとわかった。

やがて寺の裏通りへ出る。えんえんと壁がつづく。

横側へ出ると、門がいくつもあるが、いずれも一般入門禁止。おもてへまわると大門がある。入ってみておどろく。目の前に、白亜のビルが建設中である。七、八階はあろうか。

これがお寺か、と信じられない気持ちであった。その前に賽銭箱だけ古風なのがおいてあるのが、おかしかった。こういうところでお賽銭をあげる人間の気持ちは複雑である。昔の信者の知らない気持ちである。

すこし左へ行くと、本堂らしいものが目に入る。行ってみると、これはお寺らしいたたずまいである。ただ、お賽銭をあげようとしても受け箱が見当たらない。なにか裏切られたような気がしたが、うやうやしく、頭をさげて、何ということなしにお祈りをした。

この大寺のお坊さんたちは、いったい何を考えているのだろうか。そんなことを思いながら、ホテルへ帰った。ちょっとと思ったが一時間以上たっていた。妙につかれている。

印伝

もう二十年あまり前のことだが、ある人から、すばらしい名刺入れをもらった。鹿皮にうるしを塗ったもので金箔の模様がついている。

これが印伝（いんでん）という工芸品であることをそのときはじめて知った。軽くて、手ざわりがやわらかく、見た目もすばらしいのである。

大事に使っていて、いまもしっかりしている。

印伝とは印度から伝来したという意味であるという。かならずしも印度とはかぎらず、中国よりもっと遠いところから来たということであろう。明治の人が舶来といったのに似ている。

四百年昔に、伝来した工芸技術で、ひところは、武士の装具などに珍重されて大いに流行したというが、だんだんすたれてきて、いま印伝をつくる店は、山梨の甲府に一軒のこっているばかりだという。愛用の名刺入れは、もちろんその店の製品である。

つい先日、ある団体が創立四十周年記念の祝いをした。その会へ出席した人への引出ものとして、小さな包みをくれた。

あけてみると、印伝である。しかも、名刺入れで、内心、すこしがっかりであった。名刺入れは二つもいらない。古いのをすてるにはしのびない。新しいのをしまい込んでおけば、なくなったも同然だ。さて、この印伝名刺入れをどうしようか、と思いながら、なでまわしている。

株式投資教育

個人投資家を育てるのが国家的要請になってから久しいが、一向にふえない。

へたに手を出して、大ケガをした人が、中高年、とくに停年退職者にすくなくない。証券会社の言う通りにしていたら大損をしたという人がいくらでもいる。

やはり、タマゴから育てなくては、ということになり、学校の授業で株式投資を教えようということになった。かつては夢にも考えられないことである。

いまは金融庁が力を入れている。文部科学省はそれほど熱心ではないが、容認はしているらしい。

総合的な学習の時間というのがある。そこで教えるのだから、いわば課外授業のようなもの。時間だってあまりとれない。それで投資家が育つのだろうか、という心配はしないような学校がすこしずつ始めている。

授業を受けたこどもたちの反応は、ゲームとしておもしろい、というのが多いなか、やっぱり株はギャンブルだからきらいだという古風な考えの生徒もけっこういてなかなか容易ではない。

これからの時代、株式投資の知識は必要になってくるのはたしかである。ただ、それを教えるのが学校でよいのかが問題である。

さらに、問題は先生である。いまの学校の先生で個人投資家というのは、十人にひとりもいないだろう。証券会社の社員に教えてもらうのは、さて、どんなものか。

ネクタイ

ある団体が創立四十周年を迎え、祝賀のパーティをひらいた。その引出ものとしてネクタイをもらった。

お金持ちの会だけあって、しゃれた特製品である。気に入ったから、さっそく締めることにした。

そして、おもしろいものを見つけた。太い部分の裏に、細い帯状のものが縫いつけてある。

締めて下になる細い方の先きをその中へさし込むようになっているのである。なるほど、これはいい。ネクタイピンもいらなくなる。これを考えたのはあの団体の人だろう。金があるだけでなく、頭もいい、と感心した。

その日、うちへ帰って、念のために、手持ちのネクタイに当ってみると、どれにも、例外なく、さし込みの帯がちゃんとついているではないか。おどろいた。

ネクタイを締めるようになって五十年。その間、一度も、こういう構造になっているとは知らなかった。目にしたことはあるが、ブランドやメーカーの名前を示すためのものだと思っていたのである。

ネクタイが乱れるのが気になるから、ネクタイ・ピンを使った。よく落したり、なくしたりして、いくつ買ったかしれないくらいである。ネクタイには、ピンがいるものと思っていた。ピンをしていない人はどうしてしないのかと思ったりした。

みんな、ここへ先をさし込んでいて、ネクタイ・ピンなど不要だったのである。アア。

ＯＬ坐禅

わたしの信心しているお地蔵さんは、〝しばられ地蔵〟として古くから知られている。小さいながらも禅寺の庭先に立っておられる。おまいりしていると、ときどきうら若き女性が、お地蔵さんには目もくれず、本堂の方へすいこまれるように入っていく。お地蔵さん信者としては、いささか、おもしろくない。

禅寺に若い女性とは、いかにもしっくりしない。ひょっとして、この寺、茶道か華道指南の内職でも始めたのかもしれない。先般、住職が亡くなったし、苦しいのかもしれないと考えたりした。

ある日、なに気なく見ていたテレビが、この禅寺の紹介をしたからびっくりした。お地蔵さんのことかと思ったらそうではなくて、OLの間に坐禅が流行していて、この寺は、その中でも人気がある道場だというようなことを伝えた。

お地蔵さんをおがんでいる老人を、あわれむような気持ちで、OL諸君は参禅していたのかと思うと、おかしかった。

それにしても、坐って悟りの境地に達したら、OLはどうなるだろうか。「脚下を照顧せよ」などとのたまったらOLも台なしだと思ったり、坐禅をしなくてはならないほど悩みが多いのであれば、お気の毒だと同情したりする。

いずれにしても、われ及びがたし、と思って、こちらは毎日、お地蔵さんにおまいりする。

きき違い

ぼんやりテレビのニュースをきいていると、

「昔から小田原にはシシュウを作る伝統があって……」

という。

はてな、小田原に古くから詩人がいただろうか。考えてみても思い当るふしがない。詩集をつくる伝統というのも変だ。

その先、注意してきくとシシュウは刺繡のことであった。耳からきいただけではまったく区別がつかない。アナウンサーはそこまで気がまわらないのだろう。

そのニュースにすぐつづけて、またも変なことを言った。

「中国のなんとかというところのセックスが有名で、このごろ見に行く人がふえています……」

セックスが有名とはどういうことか。首をひねっていると、岩の山のようなものが写し出される。アナウンサーはなおも、しきりに、セックス、セックスといっている。どうして岩山と関係があるのか、と考えていて、やっとわかった。

セックスではなくセックツだったのである。石窟。

洞窟ならわかるが、石窟というのはそれほどなじみのないことば。それに引きかえ、セックスはいまやもっともありふれたことばになっている。アナウンサーはセックツと発音しているつもりであろうが、セックスに汚染された耳は、セックスだと早合点する。

耳できくとわからないことばが日本語には多すぎる。構造改革が必要か。

クマの秋

庭の柿の木がことしもたくさん実をつけた。まだ青いからとながめていたが、北陸などで、里へ降りてきたクマをとらえて腹の中を見たら、青い柿がいっぱいつまっていた、とニュースが伝えた。

クマは青い柿でも食べるのか。それほど、食べるものに困っていたのか、とちょっぴりかわいそうだ。

うちのものが、東京にクマが出たら、うちの柿だってねらわれるかもしれない。おお、コワ、コワとバカなことを言う。

クマが食べるのなら、人間だって食べられないことはない。そう思って、二つ三つとってきて食べてみた。

それが、案外、おいしい。これならクマだって、うまいと思って食べるはずだ。青いのにかわいそうなどというのは見当外れの同情である。

これまでうちの柿は、カラスのごちそうになっていた。木の背が高くて、上の方はとてもとれないから、カラスに進呈していたのである。カラスはよく熟(う)れたのでないと目もくれない。クマももうすこし里のことがわかると、青いのでなく赤い柿をとってたべるようになるか。柿を食うくらいはいいが、人を襲って怪我をさせたりするのはケシカラン。どんどん征伐するべきである。

ところがクマは保護されているとかで、各県ごとに何頭までと処分できる頭数がきまっているそうだ。

そんなにクマ様を大事にすることはない。人間様はそう思う。

あとがこわい

退職した人が、まもなく大病にかかる例がすくなくない。はげしい仕事をしていた人ほどやられやすい。

学校の校長でやめた人はヒラで退職した人よりも荷下し症候群にやられやすく、へたをすると、この世からも退職する。

喜んで海外旅行へ行き、帰ってきて発病。あっという間に亡くなったという例が、最近、身近で二つあって、考えこまされている。

年をとったら、ムリな旅行は控えた方がよい。イギリスの哲人、フランシス・ベイコンがそう言っている。

戦後の日本人は休み好きで休日をふやした上に、週休二日にして喜んでいるが、休み明けに用心しなくてはいけないことを考える人がすくなくないのは単純、幼稚なのかもしれない。

サラリーマンは月曜日に、月曜気分、ブルー・マンデー調になる。

こどもはもっと正直だから、土、日と二日休んだあとの月曜日、たのしいわけがない。

学校の事故は月曜が多く、不登校も多く月曜から始まるという。

休日をふやすばかりが能ではない、どうしたら月曜を明るくできるかを考えないのは怠慢だろう。

もうすぐ大型連休になる。浮かれるだけでなく、賢く休むことを工夫するのが知者だ。

握手(一)

握手は英語のシェイク・ハンズ(shake hands)の訳語である。名訳と言いたいところだが、ちょっと欠けている。

かつて同志社大学の礼拝堂で知り合いの結婚式があった。新郎新婦の握手する段となった。二人は手を握ったままじっと動かさない。牧師さんが「ふって、ふって」と言うが通じない。見ている人にもピンとこなかった。握手は握ってふらないといけないのである。

訳語にひかれたミスであるが、日本人の多くが誤解している。英和辞書にも「手を握ること」とあって「ふる」と書いていない。

もともと、日本には他人の体に触れないというのが礼となっているから、握手の習慣には抵抗があってなじめない。若ものは別として、いい年をした人間は握手など考えないのが普通である。ところが近年、日本人同士で握手するのがだんだんふえてきた。やはり外国の影響であろう。よくは観察しないからわかりかねるが、やはりふっていないようだ。

きのうある小さな女子大で講演した。帰りぎわに何人かの生徒が握手を求めてきたのにおどろいた。女性の方が握手好きではないかと思うが、どうだろう?

握手会

福原麟太郎先生は恩師である。ことし(平成二十三年)は亡くなられて三十年になるというので記念の行事が地元、福山市(広島県)であり、その一部である講演会へ講師として招かれた。「従僕に英雄なし」という。先生のそばにいた人間だから、私にはロクな話は出来なかった。講演のあと、私の本のサイン会になった。たくさんの人が列をつくったのにはおどろいた。中には二冊も三冊ももってきた人もあるから忙しい。

途中で、若い女性が右手をさし出した。なにかと思ったら「握手してください」と言う。前にも女の人から握手を求められたことはあるが、ごく自然に応じたような気がする。この日は、何人も握手を求める。女性ばかりで、みな若いひとである。こちらは旧式人間だから、女性が先に手を出して握手してくれというのは、ちょっとはしたないような気がするのである。しかし私の本を買ってくださった人たちである。粗末にしてはいけない。ていねいに握手した。

東京へ帰ってきて勉強会の仲間にこの話をしたら、「握手会」というのがあるのを知らないか、と笑われた。

年寄りはあわれだ。

ものがわかる

同じ中学に勤めた元教師たちが会をこしらえ、年一回、顔を合わせる。先日もその会があった。会場へ行くエレベーターの中で仲間のひとりと会う。

「いくつになる?」

「九十三だ。人間、九十になると、すこしものがわかってくる」

「それはいい。ボクもそろそろその年になる。お互いがんばろう」

九十になると、ものがわかってくる、というこの男のことばがいい。出席してよかったと思う。

会が始まって、めいめいが、近況報告みたいなことをする。おもしろかったのは、この会の案内状がどこかへ行ってしまって、さがしても出てこない――そういう話をするのが三人もいた。おどろいた。さっき、九十になると、ものがわかるようになると言った人も。案内状がなくなって、さがしてもわからないから、あてずっぽうに出て来たら、一時間早すぎた。しかたがないから、中学校のグラウンドを歩いてきた。

私がエレベーターで彼に会ったのはその散歩のあとだったらしいが、「ものがわかってくる」

ということばとどうも結びつきにくい、などと考えてたのしかった。

水のみ(二)

戦前、こどものころ外国人は水を飲まないときいて不思議に思ったが、戦後、日本へやってきたアメリカ兵は水を飲む。日本人も真似て、お茶を出していた食堂にコップの水を出すようになった。

日本人はもともと水をあまりのまなかった。中学生のとき毎日全校で長距離を走ったが、水を飲まない、途中では飲めない。それで脱水症にならなかった。戦後、マラソン選手が途中で水分補給するのを見て変な気がした。みっともないと思った。

話は変わるが、私は中年から痛風に悩まされるようになり、尿酸をおさえるクスリをのみ続けてきた。

近年は血液検査のたびに、水分不足による数値が出る。水のみが下手だから、あまり水を飲めないからだ。

先日、痛風の尿酸を下げなくてもいい、水をどんどん飲んで、尿酸をうすめ、尿酸値を下げるのがよろしい、という専門家の意見を知ってたいへんおどろいた。私の痛風も水分不足の結果であるとわかった。むやみと尿酸値を下げてはいけないそうだが、毎日二リットル水をのめという。たいへんな苦労である。

馬は水のみがうまい。すこし馬を見ならうとするか。

マラソン

ことしもマラソンの季節になった。毎週のようにテレビの実況中継がある。見てこれほどおもしろいスポーツはない。テレビで人気の出たスポーツの筆頭だろう。実際に応援に行っても選手を見られるのはほんのひと時。茶の間のテレビならたっぷり楽しめる。

見るだけでは我慢できない人たちが市民マラソンに集まる。希望者が多すぎてチュウセンで人数を制限する。夫婦揃って当たったと大喜びした知り合いがいる。

市民マラソンは見るものではないから、テレビなど全部を写すところはなく、ニュースにチラリと出すくらいである。

マラソンはやはり走るのが本筋である。私も昔、ミニ・マラソンを五年間走ったことがあり、ゴール前一・二キロの苦しさをときになつかしく思い出す。

ところで、この茶話は今回で六〇〇〇回になった(平成二十三年十二月二十七日)。始めたのは昭和五十三年の五月だった。数えて三十三年と七カ月の長いマラソンである。途中落伍しかけたこともあるが、ここでゴールということにしたい。長い間おつきあいくださり、まことにありがとうございました。

——さようなら。

朝　寝（以下、新茶話としての再回稿——編者）

ことし（平成二十四年）の冬はとくべつに厳しい。そのせいばかりではないが、毎日、朝寝をしている。長年、六時前に起きてすこし離れた公園でラジオ体操をする習慣だったが、ウソのようで、七時半になっても起きない。八時すぎて起きる日もある。

朝の散歩と体操をやめては健康によくないなあ、そう思いながら寝ていて、変なことを考えた。布団の中で体操、散歩はできないかというのである。

知り合いの老人がリハビリで水中散歩というのをした。温水プールの中を歩くのだそうである。脚、腰に負担がかからないで、しかも運動量が大きくて、たいへんよいということである。

それを思い出した。水中で歩くのが良いのなら、あおむけに寝て歩くまねをすれば脚、腰への負担は水中よりもっとすくないから理想的な運動になる。寝たきりの人にだってできる。

脚だけでなくて手と腕と指も動かすようにすれば、いっそう体操らしくなる。何日かやってみたがなかなかよろしい。十分もしていると疲れて体が熱くなる。ひそかに空中体操と名づけたが、布団がいたむだろうから家人には内緒。

恥をかく

このごろもともと悪い目がいよいよ見えなくなって失敗ばかりしている。

すこし前のこと。コンビニで百四十円の買いものをした。二百円出したのに店員は「百四十円です」という。これとカネを指したが、そっぽを向いて「百四十円です」と言うだけ。おかしな店員だと思って、よく見ると、百一円しか出してなかった。にげるように店を出た。

郷里のお寺の話を思い出した。一円のつもりで百円のお賽銭をあげたおばあさんが、和尚さんにお釣りをもらいに行ったという。おかしいと笑ったが、自分も同じ間違いをした。おばあさんも目がよく見えなかったのだろう。笑ったりして悪かったとひとり恥じた。

きのうあるレストランで食事をした。勘定をしたら、釣りが八百五十円だった。ところが、もらったのを数えてみると、四百五十円しかない。足りないじゃないですか、と言うと、レジの人が「あります」と冷たく言い放つ。もう一度かぞえてみたがやはり足りない。

店員が私の手のひらのコインを数えた。八百五十円あった。私が百円玉と思ったのが五百円玉だった。恥をかいて店を出た。

元気を出そう

天皇陛下の手術が無事に終って本当によかった、国民はこぞってそう思って喜んでいる。この手術には異例なことがあった。これまで天皇の治療に当たってきたのは東大関係者に限られていたが、今度の手術には東大側が天野篤順天堂教授を招いたことである。東大側には複雑な思いがあったと想像されるが、よくぞ決断したと一般はその判断に敬意をいだいた。

それだけ天野教授がすぐれた外科医であるということでかねて〝神の手〟と称えられていたという。はじめは、順天堂大学出身であろうと思っていたわれわれは、日本大学医学部の出であることを知らされて、正直にいって、おどろいた。

さらにいっそう注目されるのは、その日大医学部に入るのに三浪した。つまり三度落ちたということである。こんなことを明るみに出すのは当の天野教授には迷惑なことだが、マスコミの悪趣味だと言い切れないものがある。

というのは、いま入試に失敗して落ち込んでいるものは、この話をきいて、どんなに勇気が湧くか知れない。三度失敗しても努力しだいでは〝神の手〟にだってなれる。そう思うだけで元気がでるだろう。

これから入試に臨む人は全力をつくせばいい、落ちたってこわくないと考えれば、おのずから元気が出てくる。天野先生はやはり名医である。

震災てんでんこ

ある小さな勉強会の意見発表で、ひとりが「震災てんでんこ」という話をしてにぎやかな議論になった。

東北の震災地では、こどもたちに震災予防の教育をしているそうで、ある小学校では、「いざとなったら、めいめい避難しなさい。うちにおばあさんがいるから、助けてあげよう、そう思ってうちへ帰ったりすれば、おばあさん、もろとも、死んでしまう。てんでん、ばらばら、逃げるが勝ちだ」というようなことを教えているそうだ。

どこかの大学の心理学の先生の指導だという。新しい考えであると、この〝震災てんでんこ〟に賛成する人たちとは別に、それはおかしいのではないか、という人たちもいて、議論になったのである。

おばあさんを助けたいと思う孫の気持ちは、人間として尊いものである。たとえそのために共に命を落とすことがあっても、やっぱり助けに帰ろうという美しい気持ちは失いたくない。てんでん、自分だけ助かればと逃げてしまうのは、いかにもわびしい。それを教えるのはいけない、と反対派が声をはり上げた。

賛成の人たちは、「自分が死んでは、なにもならない。まず逃げることだ」という。反対派が、「川で溺れかけているこどもを見て、とび込んで、もろとも死んでしまう話があるが、知らん顔している方がいいのか」

なかなか決着がつかなかった。みなさん、いかがです?

米澤日記

ある人の日記を読んでいると「三月七日　米新記者今井清美来ル」とあるから目をとめる。もちろん今年のことではなく九十五年前、大正五年のことである。米新、いまの米澤新聞の前身だろう。

日記を書いているのは米澤高等工業学校(現山形大学工学部)の校長であった下山秀人である。その生誕百五十年を記念して孫の柴田貴氏が「筆まめな祖父の気儘日記」(朱鳥社)を出した。

冒頭の一文はその中にある。

この米新記者がどういう用向きで訪ねたのかわからないが、つづいて、「夜十時半迄話ス。翌日ノ仕事出来ズ」とある。ずいぶん長居したもので、何を話したのだろう。翌日、仕事が出来なかったと言っているところからすると、二人で酒を飲んだのだろう。二日酔いで、翌日、仕事ができなかったのに違いない……

そんなことを想像すると、ずいぶん偉かったらしいこの校長さんが、身近に感じられる。

ゴミ出し

事情があって家事をするようになってかれこれ十年。

「たいへんでしょう」と若い友人がいたわってくれるが、それほどのことはない。ただ、ゴミ出しだけはやっかいだ。

燃えるゴミは月曜と木曜、資源ゴミは金曜、不燃ゴミは土曜の朝にとりにくる。

分別をまちがえると、置きざりにするから気が抜けない。重い袋をはこぶのも楽ではない。

古新聞などは高く売れるとかで、別に業者のクルマが集めてまわる。やかましく言えば、違法らしいが、私はむしろ好意的である。彼はあいそがいいのである。

ことし(平成二十四年)は冬の間、寒さがきびしくこちらのゴミ出しの時間がおそくなったので、その業者と出会うことはなかった。

きのうの朝、古新聞をはこんでいくと、そのクルマが来た。飛び降りた若ものが、トイレット・ペーパー二巻をくれながら、「いただきます」と笑顔で言った。

こちらもつられて「ありがとう」と言った。青年もうれしそうだった。そのあと、半日、いい気分だった。

アメリカの忘れもの

毎月集まっている仲間の一人が、停年退職。それを期にアメリカで一カ月すごしてきた。女性ながらもとアメリカで特派員をした人だから、なれたものだ。先日、そのアメリカの話をした。そのひとつ、メガネを忘れた話がおもしろかった。

帰国の前日の夜、レストランで食事をしたが、うっかりメガネを忘れた。ホテルへ戻って気がついたが、とりに帰っていては飛行機に遅れる。返送してほしいという手紙に三十ドルを入れて投函した。

帰国してしばらくすると、メガネは返ってきた。五万円もする逸品だからうれしかったそうである。九十セントの切手がはってあった。

「二十九ドル、向うはもうけたわけですよ。いまの相場で一ドル八十二円として二千四百円ほど向うがもうけたわけですね」

仲間のひとりが

「それで五万円のメガネが返ってきたんだから、文句は言えないよ」

別のひとりが、

「メガネだから返ってきたんだよ。時計だったらダメでしょう。度の合わないメガネなんかとるやつはいない」

電車は列車か

ＮＨＫテレビ日曜朝の番組「小さな旅」が大好きで、万障くり合わせて欠かさず見ている。四月一日は千葉県房総半島を横断する第三セクター「いすみ鉄道」を紹介した。おもしろかったがアナウンサーが、ディーゼル車を電車と呼んだのにまずひっかかった。気動車は電車ではない。でも呼びようがない。アナウンサーを責めてはかわいそうか。つづいて二両編成が走ると、アナウンサーが「列車」と言ったから、またびっくりする。二両では列車にならないし、ディーゼルでは何両つながっていても列車ではない。

列車は英語のトレイン(train)に当る語で、機関車にひっぱられた客車が列車である。電車のように動輪では何両でも列車ではない。

東京の地下鉄もかつては長い編成の電車を「列車がまいります、ご注意下さい」と言っていたが、いまは「電車」にした。注意されたのであろう。

そういうわけで、機関車のなくなった今、列車はなくなったのである。電車では列車にならない。

公園の春

ことし(平成二十四年)は冬の寒さがきびしく長くつづいた。そのため、桜の開花もおくれたが、咲いてからはしっかりして冷たい雨が降っても散らずにがんばった。健気である。

われわれは毎朝、皇居の近くの北の丸公園でラジオ体操をしている。広場のまわりの桜がみごと。

体操の始まるのを待っていると知り合いのホームレス君がユビを一本立てて近づいてくる。「なんですか」「一本ください。タバコ」「ボクはのまないからもってない」といって、ポケットから百円玉を三つ出して「これで買えるかな」と渡す。彼は最敬礼した。

この男、長年ラジオ体操の定連で、みんなから親しまれている。あるときある人が世話をして公的施設に入居することになったが、十日もしないで舞い戻って来た。「窮屈でたまらん。森は自由でいい」とうそぶいた。

今朝もまたユビを一本立てて近づいてきた。「またタバコか」「いいえ、あちらのだんなから、酒一本、もらいました。で報告します」

そばの桜が笑っているようでもあった。

靴ガ……

オ手手ツナイデ
野道ヲユケバ
ミンナカワイ
小鳥ニナッテ
歌ヲウタエバ
靴ガ鳴ル

戦前、大変有名な童謡である。われわれ片田舎のこどもは靴を見たことがなかったが、歩くと鳴るものだと思った。

大人になって、靴は鳴ったりしてははけない。音を立てる靴は出来の悪いくつであるということを知ったが、靴が音を立てても別に悪くはないと思っている人が多かった。

三十年くらい前から、若い女性が靴をならしうるさく歩くのが流行し出した。エスカレーターで昇り降りするとき、ひどく大きな音を立てるのである。そういう人は靴の歩き方を教わっていなかったのだろう。

そのうちいい年をした男たちが、その真似をして階段やエスカレーターを力士がシコをふむように力を入れて、ドタドタ音を立ててのぼり下りするのがあらわれた。女性の靴の騒音はすこし下火になった。

今朝、小学生の女の子がドタバタ音を立ててエスカレーターをのぼっていくのにぶつかった。よほど注意したかったが思いとどまった。

いのちの大切

このところ大きな交通事故が相ついでいる。登校中の小学生の列へ後ろから突っ込んで死者を出したり、居眠りをしていた運転手の夜行バスが多くの死者を出す事故をおこした。いずれも、いのちを大切にすることを忘れているためである。クルマの運転をする人は、いのちの大切を心に銘じていなくてはいけない。

ひとのいのちを大切にするだけでなく自分のいのちも大切にしなくてはいけない。日本人は自分のいのちを粗末にしているわけではあるまいが、数年来、毎年、三万人をこえる人が自殺している。生活苦、病苦などで死をえらぶ人が多いというが、大切ないのちである、なんとか守っていきたいものである。

内閣の調査によると、大人四人のうち一人は「自殺を考えたことがある」と答えたそうである。

年輩者だけでなく若い人たちの間でも自殺がふえる傾向にあるらしい。由々しきことである。日本が衰えていく前兆でなければよいが。いのち大切。

ハラが立つ

外出から帰ってくるとテレビが夕方のニュースをやっている(平成二十四年四月二十三日)。

朝、登校中の児童の列に軽自動車が後ろから突っ込み、小学生二人と妊娠七カ月の妊婦が胎児とも死亡させたと報じている。ワケもわからずハラが立った。

クルマを運転していた十八歳の少年は二人の友人とともに無免許で、前の晩から夜中、走っていた。運転の少年は「ひいたのはたしか」とか「居眠りをしていた」と言っているという。ハラワタがにえくりかえる。

被害者は氏名が出るのに、加害者は名前が出ない。少年犯罪では犯人の名前を出してはいけないことになっているのは、はなはだ不当である。死んだものは浮かばれないではないか。そんなニュースを涼しい顔で流している放送局の良心が疑われる。たんなる過失ではすまされない。加害者は一生、死者のために罪をつぐなっていく覚悟が必要だ。

かつて日本は世界一、治安のよい国であったが、いつのまにか、ならずものの国のようになった。

迷い子

相模原市(神奈川県)のホテルで保護されたインコが住所を正確にしゃべって飼い主のもとへ戻った(五月二日)。

ほほえましいニュースだが私は恥かしい昔のことを思い出した。

そのころうちは名古屋に住んでいて隣りに一つ年上の仲よしのエンヤくんがいた。

ある日、エンヤくんが、「名古屋城を見に行こう」と誘った。お城はあまり遠くなかったから、うちからも天守閣が見えた。行くのは何でもなかった。

帰りになったら道がわからない。エンヤくんも知らなかった。往きのような目じるしもなくて、途方にくれてしまった。

うちと隣りは近所の人たちにも助けてもらい、手分けしてさがしに出る騒ぎだったらしい。

とにかく、無事、見つかったが、大目玉を食った。

隣りと相談したのであろう。住所と名前を刻んだ銅板が作られ、二人とも、それを首からブラ下げないと遊びに出てはいけないことになって、まいった。

インコって、スゴイなあ、ホント。

コゲツキ

貸したカネが返ってこないのをコゲツキという。銀行などは不良債権と呼ぶ。

こちらはカネの貸借はしないから、そういうコゲツキとは縁がないが、台所のナベのコゲツキには苦労する。

その年で、男が食事をつくるのは大変だろうと同情されるが、料理は苦にならない。むしろ楽しいくらいである。

ただひとついやなのが、ナベのコゲツキ。洗ってもなかなか落ちない。ありきたりの洗剤など役に立たない。昔は磨き砂というものがあったが、いまはさがしても、売っているところがない。

どうして磨き砂がなくなったのかうらめしいくらいだ。しかし、ないものはしかたがない。

庭へ出てきれいなところの砂をひとつかみとってくる。うちのものが知ると、きたないと言うにきまっているから、こっそりとってきて、こっそり磨く。力がいるからそのうち息が切れてくる。

水をかけてみるとコゲツキがとれてピカピカになっている。その気持ちよさは格別である。コゲツキなどこわくない。

人の顔

人間、四十になったら自分の顔に責任をもて、といった意味のことばがある。また、顔はその人の履歴書だ、ということばもある。

生まれて数年のみどり児は、だれかれの区別なく、みんな可愛く美しい。古今東西、そうである。

ところが中年になると、たいていが美しさを失なうのはあわれ。ごくまれに年とともにいい顔になって美女、美男子と呼ばれる。

先日逮捕されたもとオウム真理教信者・高橋克也の顔をはじめてテレビで見て、わたしは、おや、と思った。下向き加減の顔ではっきりしなかったが、しっかりしたいい顔であることはわかる。手配写真は十七年も前のものだから、違うのは当り前だが、別人のようだ。こんな手配写真をもとに捕まえようとした警察はすこし間抜けである。一般人の通報がなければ、つかまらなかっただろう。

大悪人である。悪人顔であった方が正直というものだが、この犯人は十七年、言うに言われぬ苦労をしたに違いない。その経験があのいい顔をつくり上げた。

自分の顔に自信がなくなり、そっと鏡をのぞく。

クチナシの香り

年をとって目は見えず、耳はきこえず歯はなくなり、あわれだが、どうしたものか嗅覚は年とともによくなり、まわりにもおどろかれるほどハナがよく利く。

いちばん好きなのはクチナシの花の香りである。咲く季節になると方々のクチナシをたずねる。それはほんのひとときである。

年中この香りをたのしむには香水だと思って、方々をさがしたが、どこにもなく、あきらめた。

ところが先日、友人が、どことかで見つけ買ってきてくれた。私が手に入らないとコボしたのをきいて、さがしてくれたのである。

イギリス製で、英国の王室の御用達だというからおどろく。

よろこんで使い出したが、どうもつよすぎる。クチナシの香りではないような感じがする。これに限らず、香水の香りはつよすぎる。すこしだけつければいいと思ってかすかに吹きかける。するとまるでにおわない。

やはり自然のクチナシの花でなくてはダメだ。例年ならいまが花ごろだが(六月)、ことしはだいぶおくれている。

庭の梅

わが家の庭は小さいながら果樹の木がいろいろ植えてある。梅、アンズ、みかん、柿などにぎやかだ。

すこし枝が伸びすぎた。近所の人がきれいにしてやる、と言うから頼んだ。素人だったらしくメチャメチャに枝を下ろしてしまった。切られた木はハラを立てたのか、翌年からパッタリと実をつけなくなってしまった。

いちばんよくなってくれていた梅がひとつも実をつけなくなった。ならない梅は目ざわり。ロクに見ないでいたが、今朝、散歩から帰ってくると玄関の石段の上に青梅がひとつころがっていた。

梅の木のもとへ行くとゴロゴロ梅の実がころがっていたからびっくり。急いで大ザルをもち出して、落ちているウメをひろった。台所の流し場へもってきて数えてみると、カッキリ五十コあった。なんとも言えないいい気持ちだった。

ダメだと決めつけていたのがいけなかった。去年も放っておいてくさらせたのだろう。もったいないことをした。

バカにして悪かった。梅にわびる。

夜の自転車

夜になって急に入用なものが出来て買いに出た。その帰り、うす暗い通りを歩いていると、バシャッとぶつかってきた。自転車で、のっているのは若い男らしい。手の甲が痛いからそれに気をとられているスキに自転車は音もなく消えていった。

ハラが立つ。向うは知るまいが、こちらはものがよく見えない老人だ。ひとことくらい声をかけてもバチは当るまいに、けしからん。

つかまえて交番につき出してやりたいなど、できもしないことを考える。

すこしあとになって、自転車事故でひどい目にあった例を思い出して、このくらいですんだのは、日ごろ信心している神仏のおかげにちがいない、と年寄りじみたことを考えてひとり苦笑した。

それはそれとして夜道を無燈で走る自転車が許せない。たしか無燈は禁じられているはずだ。町中で無燈の自転車が平気で走っている。警察はなにをしているのか。

これから夜、外出するときはヘッド・ライトをつけようか、などと思いながら、手の内出血を見る。

大　葉

農家のイトコが、大葉は虫がつくから強い農薬をつかう。売っているのは買わない方がいいと注意してくれた。それでずっと食卓にのせなかったが、年のせいか食べたくなり我慢できなくなった。

うちで育てればいい、と思いついて、庭先に苗を植えた。

縁日で苗を二本買ってきたのである。すくすく育って元気である。毎日のように葉を二、三枚とってきて、食卓に趣をそえる。

やはりムシがこわいからムシよけの薬を買ってきた。

水やりをしないといけない。晴れた日がつづくと水をたっぷり与える。

苗を植えるのがおもしろくなり、こんどは朝顔の苗を何本も買ってきて垣根沿いに植えた。咲いたらきれいだろうと思ってかわいがっている。

これまで、苗を育てようなどと考えたことはなかった。急に気が変わったのは、いよいよ自分の命の終点が近づいているのか、とも思うが、植物を育てるのは、新しい活力をもらうようなものだとも考える。

この夏を大葉といっしょに乗り切ろう。

百円ショップ

ことし(平成二十四年)は春から園芸に興味をもっている。かつてないことで、自分でもおどろいている。いよいよお迎えが近い?

先日、朝顔の苗を植えた。元気よくつるをのばすが、支えがない。棒はないかとさがしたがない。ボロ傘をこわしその骨を使ってみたがダメ。

困っていると百円ショップなら棒を売っていると教えられた。

これまで、安かろう悪かろう、とバカにして百円ショップに足をふみ入れたことはなかった。教えられるまま行ってみておどろいた。当然のことながら商品はすべて百円である。普通の店なら五百円はくだるまいと思われるものがすべて百円。

目ざす朝顔の支柱も売っていた。一本百円だろうと思っていたら二本で百円だというから、うれしくなる。予定していなかったものまで買い、レジへもっていくと、七点、七百円、税金三十五円で、しめて七百三十五円、千円でおつりをもらいながら、こういう店なら消費税を十パーセント出してもよいと思った。

失　敗

図書館から帰ると留守電が「三時の約束をどうした?」と知り合いの声。

それではじめて会う約束を忘れていたのに気づいた。予定表が二つあるが片方にだけしか記入してなかった。書いてない予定表だけを見て先約なしと思ってしまったのだ。

もう会う場所にはいまい。自宅へ電話したいが、番号がわからない。NTTにきくと、不親切にも四つ番号を教えた。かけてみるとどこも間違い。もう一度NTTにきく、また別の番号を教える。かけたがダメ。小一時間ムダな電話をかけまくった。

すると、待ちぼうけの知人から電話がかかる。とにかくこちらが悪かったとあやまる。電話をかけても通じなかった話もする。

始めは怒った声だったのが、「それで何度かけてもお話中だったんですね」と声をやわらげた。

向うは、いつもきちんと約束の時間に来る男があらわれないので、ひょっとすると、と不吉なことを考えたらしい。「とにかく元気でよかった」といわれた。こちらは穴があったら入りたかった。

花が咲かない

うちの朝顔が花を咲かせない。

これまで朝顔など植えたことはないが、どうした風の吹きまわしか、ことしは育ててみようと苗を買ってきた。

こまめに水をやったり世話をしているのに、つるだけ伸びて、花がつかない。

きのうも近所のおばさんから「咲きませんね」と言われて恥しかった。

やはり育て方がいけないのだろうと思っていて、学生のことを考えた。

五十年、教師をして、おそらく何百人もの学生を教えたけれども、育て方がよくなかったのだろうか、人生の花をつけたのがいない。庭の朝顔と同じで、年だけはとるが花を咲かせないのである。やはり、教師の育て方がまずかったのであろう。朝顔をながめながら、そんなことをぼんやり考える。

ロンドンのオリンピックでメダルをとった選手を育てたコーチが晴れやかに喜びを語っているのを見て、うらやましいと思う。どういう指導をするのだろう。そしてうちの朝顔、結局、花をつけないままで枯れるのではあるまいか。

過ぎたるは……

ことし(平成二十四年)の夏は滅法暑いが、毎朝の散歩は欠かさない。そのせいか元気である。それはいいが、ときどき夜中に、脚がツル。ケイレンである。先日は、あと眠れないほど痛くて一日中、足をひきずるようにしていた。

ちょうど定期健診だったからかかりつけのお医者にきいてみた。

医師は私のはなしを全部聞かないで、

「それは歩きすぎです」

と言った。まさかそんな、と思っていると、

「毎日、どれくらい歩いているんですか」

「だいたい一万二千歩くらい」

「そりゃ多い。半分にしなさい」

半分といえば六千歩ではないか。そんなでは足りない。そう思ったが、だまって帰ってきた。

翌朝、考えた。どれくらい歩こうか。六千か、すくない。八千でもすくないが脚がつっては

こまるし……と決めかねて歩き出し、結局、七千歩にした。それから毎日同じくらい歩く。「過ぎたるはなお及ばざるがごとし」(論語)と自分に言いきかせる。

水のみ(三)

ことし(平成二十四年)の暑さはあきれるほどである。

毎日のように熱中症の人がたくさん出てニュースになる。

「こまめに水分をとって、適当に冷房を使うように……」とテレビが注意してくれる。われわれ戦前育ちの人間には、水をのめ、と言われるといい気がしない。かつては水はあまりのまなかった。中学で毎日のように長距離を走らされたが、水はのまなかった。のむと疲れるといった。しかし水をのまずに走っても熱中症になったりするものはなかった。マラソンの選手が給水を受けるようになったとき、みっともないと感じた。

水をのまなければあまり汗をかかない。きたえれば脱水症状を呈したりはしない。

そんなわけで、ずっと水をのむのを控えてきた。電車の中でペット・ボトルの水をあおっている人をみると、浅ましいような気がした。

しかし、ことしになって気が変った。やはりもっと水をのまなくてはいかん、と考えるようになったのである。

それくらいことしの夏は暑いのだ。

遅咲き

「咲かないつもりなのか」とバカにしたわが家の庭の朝顔が、何を思ったのか数日前から咲き出した。よその朝顔は実になりかけているのにみっともない。

いったんはそう思ったが、いや、まてよと考えなおした。もともと遅咲きだったのだ。勝手におくれていると思ったこちらが悪かった。遅咲きはすこしも恥ずかしくないのである。

ほかの朝顔が老化しているいま、花をつけて健気である。

人間にも遅咲きがあって早咲きに劣るものではない。

私といっしょに中学を出たA君は、学年トップ、卒業のときは知事賞をもらい同級生をうらやましがらせた。ところがあとがパッとしなかった。平々凡々たる人生を歩んで死ぬ。

同じクラスにS君がいた。まったく目立たぬ存在だったが、三十年後、VHSを開発して、海外で、ミスターVHSで通るほどの名士になった。本人は「学校の成績がものを言うのは三十五歳までだね」と言った。遅咲きでないとこういうことは言えない。

わが家の遅咲き朝顔は涼しい顔だ。

暑さ寒さ

横丁の変わりもののじいさんがやってきて、こんなことをまくし立てた。

――ねえ、おかしいと思いませんか。猛暑日だ、暑い暑いというが、三十六度でしょ？ 人間の体温は三十六度、年寄りでも三十五度。それで暑いなどと思いません。どうして外気が体温に近くなると暑いとさわぐのでしょう。

中学生などが、すこし運動すると、熱中症になります。熱中症というのもわかりませんね。こどもなんか、熱中どころかいやいややっている運動で熱中症になる。つまり、タルンでるんです。

それに対して、寒さには、人間、ずいぶん強いですね。冬になれば、零度以下まで気温が下がりますが寒中症などということばもありません。風邪はひいても、寒さに耐える力はすごいもんです。体温との差が三十五、六度ですから、体温と同じくらいなのに大騒ぎするのとは大違い。

人間、寒さに強くできているんでしょうか。寒冷地に住む人の方が熱帯地方の人より長生きです。アイスランドは世界一、二を競う長寿国です……。

その暑さ寒さも彼岸迄という「彼岸」に入った。

イヌはイヌでも

大学で比較文化を教えている若い研究者が来て、むずかしいことをしゃべる。

退屈だから、「イヌも歩けば棒に当る」ということわざに、どうして意味が二つあるのか、ときいてみた。

青年学者はそんな通俗なことには関心がないような顔をしながら、それでもきちんと、①でしゃばるとヒドイ目にあう②思いがけない幸運にめぐりあうことがある、の二つの意味をあげた。私がきいた。「第三の意味がうまれる可能性はあるでしょうか」

相手は仮定のことは答えられないといった。

「二度あることは三度ある、といいます。このことわざにしても、第三の意味が生まれないと断言できないでしょう」と私が言ったが、相手は知らん顔。

「東京の渋谷で調査した人によると、〝先々のことはわからない〟と答えた人たちがいたそうです」

「まさか」

私は、「イヌも歩けば……のイヌは、自由に歩きまわるイヌで、いまは、飼い主がついている。イヌはイヌでもイヌが違う」

おてんとうさま

本家のおばあさんが信心ぶかい人で絶えず念仏をとなえていた。朝は東の方を向いて手を合わせ、おてんとうさま(お天道様)をおがんだ。

それに感化されたのだろう。私も朝日を見るとつい手を合わせる。なにかありがたい気がする。

先日(十月三日)、NHKテレビの番組「ためしてガッテン」を見ておどろいた。

ガンや糖尿病、寝たきりにならないためにはビタミンDをとる必要があると教えた。どうしたらビタミンDがとれるのか。答えは、太陽にあたることだそうである。

ことに手のひらを太陽に向けると効果的だという。(シイタケが生より乾燥の方が栄養価が高いのもそのせいか?)

それとは別に、私は、口内日光浴というのをしている。朝の太陽に向かって口を大きくあける。口の中を日光で消毒するのである。太陽の殺菌力はつよいから、ウガイするよりも効果があると勝手に思い込んでいる。夏は暑くて楽ではないが、いまの季節、かなりながく口をあけていることがある。

昔の人がお天道様をおがんだのも、ちゃんとわけがあったのである。

さい銭

「一円のつもりで百円をあげてしまった。お釣りをおくれ」と和尚さんのところへ言いにきたおばあさんのことをときどき思い出す。

先月、水戸のお寺へ泊りがけで話しに行った住職に、おさい銭は十円玉と百円とどちらが多いか、ときいたら、それは十円です、でもまれには一円玉もあります、と言って笑った。

私は五十年来、毎日おまいりしているお地蔵さんがある。はじめ十円あげていたが、三十円にした。ところが、さい銭泥棒が箱をこわしてもっていくらしいから、十円にへらした。寺が鍵のかかるさい銭箱をこしらえたので三十円にもどした。それからもうそろそろ二十年にはなるだろう。いつも十円玉を用意しておく習慣になっていた。

水戸のお寺で、百円のさい銭がすくなくないらしいのをきいて、いまどき三十円では少ない、と反省した。

それで、五十円あげることにした。五十円玉ひとつだから具合？　がいいが五十円玉を切らさないようにするのが骨だ。

平将門の首塚へときどきおまいりする。十円あげていたが、こちらは二十円にした。家を出るとき七十円あるかどうかたしかめる。ないときは自動販売機でくずすのである。

数　字

ある国語辞書の新版が出る。初版ではなく改訂第三版。ずっと第三版として仕事をすすめていた編集部が最終段階でゆらいだ。第3版とした方がいいのではないかという案が出たからである。担当者が長い時間をかけて議論した結果、第3版とすることにきまった。

十年前だったら、第3版はおかしいという人が多かっただろうが、いまは、若い人を中心に、第3版の方がいいという人が多い。編集部はそう考えたのだが年輩の人だとおかしいと思う人がすくなくないだろう。いやしくも国語の辞書である。伝統的な表記にせよ、と息まく老人もいるかもしれない。

いまの日本語では数字の扱いがいくらか混乱している。

もともとタテ書きは、一、二、三……、横書きは1、2、3となっていた。それが先年から変って、タテ書きの文章の中で10月5日とか、250億円のようなのが普通になった。

一、二、三は読みにくい。二二が一三なのか三一なのかまぎらわしい。目の悪い老人泣かせである。

インクの色

私は年来、ドイツのペリカン万年筆を使っている。いい品だが旧式でビン入りのインクを吸い上げるのである。

そのインクがなくなったので買いに行った。近くの文具店では売っていないから大きな店まで行かなくてはならない。

いつもの店だが、いつものブルーブラックが売り切れているというから途方にくれる。インクの色を変えるのはいやだ。買わずに帰ろうかと思ったが、またここまで来るのは面倒。すすめられたロイヤルブルーを買って帰った。

名前はきいたことがあるが、ロイヤルブルーのインクを使うのははじめてだからいくらか不安だ。さっそくこのインクを入れて書いてみると、あっさりした色でなかなかよろしい。

ブルーブラックは紺黒という意味だから、いくらかクスんで見えるが、ロイヤルブルーは訳せば王紺である。いかにも高尚な感じだ。

書いた字がすこし浮き上がったようで世の中も明るくなったような気がするからおもしろい。

王紺バンザイ。

しつけ

うちの近くには学校がたくさんある。地下鉄でも各校の生徒とよく会う。

ある日、そのひとつの女子中高校の生徒に乗り合わせたが実にいい生徒である。優先席が空いているのに数人の生徒のだれもすわろうとしない。そこへよその学校の生徒がちゃっかりすわった。

その女子校のしつけに感心したから校長さんあてにほめる手紙を書いた。

しばらくして副校長からお礼の返事がきた。別に礼状がほしくて書いた手紙ではない。返事はいらないが、代筆の返事はおもしろくない。校長のしつけはよくない？

別の日、駅の近くでバカ騒ぎしている女子高生たちがいる。騒ぐというよりむしろ絶叫である。何人か声を合わせるから、近づくこともできないくらいである。

近年、大声が流行しているが、女子高校生の叫び声は格別である。将来、母親になったらこどもがまねるだろうなどと余計なことを考えて通りすぎる。

見ると、この前、マナーがよいと言ってホメた学校の生徒だった。やっぱり!

あかない

自動販売機でカンコーヒーを飲んだ。フタがあかないから力を入れたら爪がはがれかけた。

昔からビン、カンのフタをあけるのは大変だった。カン詰めはカン切りがないとあけられない。ビン詰めは、フタが癒着? していてあけにくい。火であぶったり湯に入れるとあく。なるべくビン詰めは買わないようにしている人もあるとか。その気持ちよくわかる。

折詰めのすしに醤油入りのプラスチック小袋が入っている。これが曲者で、なかなかあかない。へたをすると爆発して着ているものをよごす。

喫茶店でコーヒーに小さなミルクのついていることがあるが、これもあけにくい。うっかりするとミルクが飛び散る。

病院のくれる粉末剤はプラスチックの小袋に入っている。矢印であけ口が示してあるがうまくあかない。

先日もらった薬に注意書があった。台の金属のまま飲むと大事故になると書いてある。あけるのがへたな人がいるのだろう。あけるのは難しい。しかし、年の明けるのはめでたい。

ココアで乾杯

ココアが好きだから機会があれば飲んでいる。どうしたわけか、コーヒーはあるが、ココアはありませんという店がときどきある。そんなところへは二度と行ってやらない。

ココアを教えてくれたのは正岡子規である。若いときその病中日録を愛読したが毎日のように、朝、「ココア、ミルク入り」を飲んでいるのだ。百年以上も昔、そのころ、ココアを飲んだ日本人はごく限られていた。子規は、重い病気に苦しんでいて、医師にすすめられてココアを飲むようになったのだろう。いかにもたのしそうに書いているのを読んでまねてみたくなった。

コーヒーは、夕方以降のむと寝つきが悪くなるから、夜はココアときめている。

ことに冬は体が温まってよろしい。バンホーテンがいちばんだが、ぜいたくはいっていられない。なんでも、うまいと思って飲めばうまいのである。

先日、友人がココアのスティックを送ってくれた。これもけっこう飲める。

この正月は、ココアで乾杯しよう。

東京の雪

東京は雪がすくない。昨年(平成二十四年)の冬はとうとう一度も降らなかった。ことしは先日何年ぶりかの〝大雪〟が降った。といってもわずか七センチ。大雪などと言ったら雪国の人にわらわれるだろう。

ちょっと降ると、さっそくすべったり転んだりする。先日の雪では救急車ではこばれた人だけでも三百何十人もあったという。

雪の上の歩き方を知らないのに、ふだんのクツをはいて歩く。上体をそらして歩くから転びやすい。教えてくれる人もないから、何回でもころぶ。

タクシーも雪に弱いから、雪がふると運転手は勝手に休んでしまう。走って事故をおこしたら損だというのである。

わが家は、雪の備えがある。雪かきシャベルも雪国の人からもらった逸品ですばらしい。いい気になっていたら思わぬ事故にやられた。

屋根の雪が凍結して落ちて庭の水道の蛇口を頭から折った。気づくのがおくれてだいぶ水をムダにしてしまった。業者に直してもらったら、大金をとられた。やはり雪はこわい。

はち蜜

こどものころ育ったところでははち蜜がなかった。見たこともない。

東京へ出てきてはち蜜のことをきく。同人雑誌の仲間で医者をしているのがほかの医者に「はち蜜はよくきくね。危篤の病人にもきく……」と言っている。そばでそれをきいておどろく。甘いばかりと思っていたがクスリにもなるとは初耳である。

そのころ私は喘息の発作に苦しんでいた。発作がおこると二、三日、ものが食べられず、絶食。発作がおさまると砂糖湯を飲むことにしていた。この湯が実にうまい。五臓六腑にしみわたるとはこういうことか、と思った。すっかり砂糖湯の信者になっていたが、不思議とはち蜜には思い及ばなかった。発作がおこらなくなると砂糖湯のことも自然、忘れた。

先日、かつての友人の医者のはち蜜がいい、という話を、フト思い出した。

このごろ年のせいで、ときどきひどく疲れる。はち蜜を飲んでみようと思い立った。

朝、晩、二度、はち蜜を少量飲む。心なしか体調良好。元気が出る。

となりの土地

となりのひとり住まいのおばあさんが老人ホームへ入って、あとが売りに出た。家屋はこわされサラ地である。

いまの世の中だからか、なかなか売れない。その土地の裏に住む人が地続きの分、三分の二だけを買ったらしく、低いコンクリート棚をこしらえて境界にした。

それで道路側に面した細長い土地が売れ残った。使いみちも限られるし売れるだろうかと思っていた。

知り合いで不動産にくわしい人が「いっそ、お宅で買ったらどうです」と言ったからびっくり。それまで、一度もそんなことは思ってもみなかったからだ。

言われてみて、そういう手もあるかと思うようになる。うちと地続きで道路に面しているからよその人が買うより土地が生きることになるのはたしかだ。

ただ、値が張る。どうしてもほしいというわけではないから、決心がつきかねるのだ。だれか早く買ってくれればいいと思うが、今朝も売り出しのハタが早く買えといわんばかりにハタめいていた。

ＴＰＰ

いまＴＰＰが国内でも国際的にも大きな問題になっていて安倍首相の訪米、首脳会談でも最重要課題のひとつだった。

ところで、ＴＰＰって何？　という人がすくなくない。はっきりＴＰＰと言えない人もいる。どういうことか、わからないのはすこしも珍しくない。

日本語にすると、環太平洋経済連携協定であるが、そんな長々しいことを言ってはいられない。ＴＰＰですます。アルファベットの頭文字をならべただけでは何度きいても頭に入らない。

戦後間もなく学校にＰＴＡができた。アメリカの制度にならったもので、一般の人には何のことかわからない。日本流にペーテーエーと発音した。ペアレント・ティチャー・アソシエイションの頭文字であることを知るのは一部に限られた。そのせいもあってかＰＴＡは影がうすい。

先日、ＴＰＰの原語はなんですときかれて、とっさに返事に窮し、苦しまぎれに、トランス（Ｔ）・パシフィック（Ｐ）・パートナーシップ（Ｐ）ではないかと見当をつけた。違っているかもしれない。

ニッポンとニホン

日銀総裁の後任人事が注目されているが、一般には〝国会承認〟というのがわかりにくい。それより日本銀行総裁といういかめしい名前が冷たい感じを与える。ニッポンというのが、落着かないように感じるのは老人だけではあるまい。ニホンの方がやわらかく、あたたか味もある。

東京の日本橋はニホンバシだが、大阪の日本橋はニッポンバシだ。かつてそれをおもしろがった。

日本を冠した大企業がたくさんある。古く出来たものはニホンと呼んでいる。漢字にすれば、ニッポンもニホンもないが、声に出すと、どちらかにしなくてはならなくなる。

日本銀行にしてもかつてはニホン銀行であった。ニッポン銀行などという人はいなかった。いまお札を見るとNIPPON・GINKOとある。ニッポンが正式なのである。

正式にしたのは戦時中の軍部であったことを知る人はだんだんすくなくなっている。

ニッポンで結構だがパピプペポという音が、軽薄で不安定なニュアンスをもっているのが気にかかる。

就職人気

四月から新社会人になる若い人たちは咲くのを待つ桜のようだろう。

近年は就職が難しくて学生は就活に目の色を変えると言われるが、どういう会社に人気があるのか調べたデータ(日経調べ)がある。

それによると、人気一位は日本生命、二位、東京海上、三位、第一生命、四位、三菱東京UFJ、五位、三井住友銀行、以下十位まで金融機関ばかりが並んでいる。ほかの業種がまったく入っていないのにおどろく。

いまの若い人、よほど安全安定を求めているのだろう。金融機関ならつぶれる心配はないと考えるのだろうか。

その他業績では全日空(11位)がトップ、あとサービス業が上位を占めていて、ものづくりの企業は人気が乏しいのか、旭化成(35位)がトップである。

かつては人気絶大だったNHK(39位)、朝日新聞(96位)と沈んでいる。本が売れないと言われる中、講談社(51位)、集英社(55位)が上位にあるのが目をひく。

若い人が堅実、安全を求めるのはわかるが、すこし元気が足りないという気もするのである。

清野さんを偲ぶ

清野さんからの電話はいつも朝。

はじめての電話は三十五年前で、私が雑誌に書いた文章を掲載させてほしいというものだった。

それがきっかけで本紙(米澤新聞)に「茶話」を連載することになり、六〇〇〇回続いた。

清野さんの電話はものを送ったという案内が多く、ありがたかった。

ある朝の電話は、「原稿見ました。帽子をプレゼントします。話しはついていますから、銀座のとらやでお好きなのを選んでください。ボルサリーノがいいでしょう」だった。

私が「茶話」に「寒い季節、帽子は防寒になる」と書いたのに対する電光石火のご挨拶である。

私は銀座へ飛んでいって、もらったボルサリーノはいまも愛用している。

清野さんがさっそうとしておられたのは、元パイロットだったことと無関係ではあるまい。

戦闘機を操縦されたが、少年航空兵募集のポスターのモデルとして写真が全国に広まった。

いつか清野さんからその写真を見せてもらったことがある。

年がひとつ違いで親しい友人と思っていた。亡くなられて限りなく寂しい。ご冥福を祈る。

ストレス

腰痛に苦しむ人がふえているという。四十〜六十代では四割が悩んでいるという調査もある。原因不明で治療の方法もはっきりしていない。多くの人がやっているマッサージは効果がないという専門家がある。安静にしていてはかえっていけない。どんどん動きまわる方がいいらしい。腰が痛いのだからそうはいかないだろう。

原因不明の腰痛が八割だというのもおどろく。やはり専門家の意見としてストレスが引き金になっているという説が注目されている。中年の世代に患者が多いというのもそのためかもしれない。

ストレスが原因だとすると、改めてストレスのおそろしさを考えないわけにはいかない。十二指腸カイヨウなどは以前からストレスが原因だと言われている。ストレスのたまる中間管理職が多くやられて、中間管理職病と言われたほどである。

このごろ糖尿病の患者もふえているが、その一つの原因にストレスがある。甘いものを食べないでも糖尿病になるわけだ。

ストレスは現代病最大の犯人。なんとか退治できないものか。

自転車

クルマの事故は年々へっているのに自転車の事故はふえているという。

クルマは免許がないと運転できないが、自転車はみんな無免許で乗りまわしている。事故をおこしても不思議ではない。

だいたい、歩行者が自転車とおなじところを歩いているのが間違っている。人通りの多いところでは自転車専用路をつくる必要がある。

昔の自転車は音がしたが、いまの自転車は音もなくスイスイ走る。それだけに後ろからくる暴走自転車はさけようがない。せめてベルでもならしてくれないとこまる。

乱暴な自転車の乗り方をするのは若ものに限らない。いい年をした人がひどい走り方をする。

先日、人通りの多いところを歩いていたら、後ろから来たおばさんの自転車がかすめるように走っていった。キモをひやしていると、すぐあとからその人の子らしい自転車が、「すみません」と言って通った。ついこちらの口もとがゆるむ。

ああいう子が大きくなるころには自転車事故も少なくなっているだろう。

日に当る

このごろどうも元気がない。どこといって悪い所があるわけではないが、気分がすぐれない。原因を考えていて日に当らなくなったのがいけないと思い当った。

ずっと長い間、朝の散歩をして朝日を浴びて活力をもらっていた。この冬、あまりの寒さでこの散歩をやめた。それがよくないのだ。

太陽の光は生命の源である。樹木は日光と水だけで百年以上も生きる。人間の活力も太陽光から生まれる。日によく当る民族には自殺がすくないという。他方、日照時間のすくない地方に自殺が多い。

私がこのごろ気が滅入ったように感じることが多くなったのも、日に当らなくなったためだ、と自分を納得させて、日に当る散歩を再開した。

気のせいか、気持が明るくなり、やる気も出てきた。元気のもとは太陽だと思って出歩く。信号待ちのときは大口をあけて太陽に向き、口の中の日光浴、日光消毒もする、バカに見えるだろう。

蔵売って日当りのよき牡丹かな　　瓢水

居は気を移す

よく図書館へ行くが、本を借りたり読んだりするためではない。読書室で書きものをするのだ。

うちに書斎があるのだからそこで仕事をすればよさそうなもので、われながらおかしいと思うことがあるが、図書館の方がいい仕事ができるような気がする。

どうも、図書館の方がいい雰囲気で、心をはりつめて仕事をするのに家にいるよりいいように感じられる。

となりに人がいて本を読んだり、ものを書いたりしているが、すこしもうるさくない。むしろ、はりつめた緊張感がただよっている。

それに感化されてこちらも心がぴんとするようだ。

昔、マルクスがロンドンの大英博物館の図書室で『資本論』の原稿を書いたというのは有名な話だ。

ほかにも図書館の読書室で原稿を書いた人はすくなくないはずで、及ばずながら私も図書館で何冊かの本を書いた。図書館に感謝している。

「居は気を移す」というのは中国の古典「孟子」にあることばだが、人間はまわりの空気に影響されることを教えたものである。

クツは上等

何年か前のこと、ふだんばきの靴を買いに三越本店へ行った。靴売場に近づくと、老紳士がそっと寄りそって「りっぱな靴をお召しで、イタリアの○○ですね」とささやく。店員だった。そう言われた手前、安ものは買えず、予定外の高いのを買った。

それよりさらに数年前、おもしろくないことがあって、ヤケになりこのイタリア靴を買った。足にぴったりして王様のような気がすると冗談を言ったこともある。それを見のがさない老店員に敬服した。

親しい友人が難しい病気を克服、全快した。その快気祝いをしようといって赤坂ですっぽん料理を食べた。全快祝いにすっぽんは気がきいている。関西ではすっぽんに人気があるが、東京ではさほど人気がない。

帰りに靴をはこうとしていると仲居が耳もとで「いいおはきものをお召しで……」とささやいた。あまり明るくない所で、よく目がきくと感心。調子にのって「また、きっと来るからね」と言ってしまった。

靴は上等だが、はいている人間がどうも。

ことばづかい

もうかなり古い話だが、かつて私の学生だった人に私の本をやったら、礼状が来たのはいいが「本は受け取りました……」とある。

もと教師は怒って「もらった本はご本と言いなさい。受け取る、など無礼だ。金貸しが貸した金を返してもらえば受け取ったでいい。もらった本を受け取るとはなにごとか……」叱られた男はさぞおもしろくなかっただろう。三年前死んだがかわいそうだ。

つぎはつい最近のはなし。

ある出版社から私の本が出ることになり、係の女性編集者がついた。

先日、「校正ゲラいつでも受け取りにまいります……」という手紙が来た。彼女は社内きっての名編集者である。やはり受け取り、と書いている。このごろの編集者は執筆者をバカにしているわけではないだろうに、原稿を受け取りにいきます、と言う。失礼とは思わないらしい。この編集者は〝まいります〟とていねいなことばを使っているから、失礼とは思わなかったのかも。

叱ってやったら、速達で長い詫び状が来た。

ココア

ココアが好きである。病床の正岡子規が毎日飲んでいたのにひかれて飲みはじめた。子規はミルク入りココアをのんでいたからそれをマネて自家製のミルクココアを作った。

そのうち自分でつくるのはやめて、自動販売機で求めるようになった。バンホーテンがいい。しかしこれのある自販機はすくない。私は地下鉄の駅近くの自販機で求めることが多い。

先日行ってみると〝故障中〟と赤字で書いたガムテープが張ってあった。

これがなかなかとれない。何回か見たときもまだなおってなかったが、赤字の上に「はやくなおさんかバカ」と書いた紙がはってある。ほんとにそうだ。こちらも拍手したいような気持ちになった。だれのやったことかしらないが、名文句だ。

今日、その自販機をのぞいたら、ちゃんともと通りになっていた。バンホーテンが三つもならんでいる。やはり、バカといわれたのがきいたのだろう。

家のものの分まで買って、熱いからポケットに入れて家へ急いだ。

風船のイチゴ

毎日曜、駅の前の朝市でくだものを買う習慣で、店のおじさんおばさんとも顔なじみである。先日買ったイチゴが安いのはいいが半分くずれていて食べられない。次の日曜、苦情を言おうと行ってみたら、そこだけ休んでいる。

その足でスーパーへまわっていろいろ買いものをしたついでにイチゴも買った。いい値である。

レジは手際よく袋づめをする。〝イチゴ〟はビニール袋に入れて、どこかわからぬが、空気を入れたらしい。ビニールの袋がパッとふくらんで風船のようになっている。イチゴはその底の方ですずしい顔である。きれいで、かわいい。まるで手品をみているように見とれていたら、うしろの客が早く行け、といった合図をしたから我にかえった。

こうしてもらえばいくらほかのものがたくさんあってもイチゴが傷つく気づかいはない。商売の人も考えるもんだ。そう考えていたら、値段のことなどすっかり忘れて帰ってきた。

感心したせいか、このイチゴ、たいへんうまかった。

速達

私の本を出す出版社から契約書が送られてきた。捺印の上返送してくれとあって返信用封筒が同封してある。

それはいいが、必要もないのに、速達にしてその印をおしてきた。しかし、切手ははっていない。そちらではってくれというのだろうが、常識に外れている。

相手は社内きっての敏腕編集者といわれる女性であるが、ものを知らない、不親切だ。こういうときは切手をはるものですよと教えてやった。

親戚に不幸があって香典を送ろうと思って現金書留を出しに郵便局へ行った。早い方がいいから、速達にしようと思った。すると、中年の局員が「速達だと午前中、普通便でも同じ日の午後に着きます。それでも、速達になさいますか」ときく。

ほんの数時間しかちがわないのなら速達にするまでもない。「普通にしてください」と頼んだ。

この局員の親切に心うたれた。だまって速達料をとった方が局のためだが、お客のことを考えて、助言してくれた。その心がうれしい。

郵便局の方が出版社より心やさしいのか。

話がきけない

東京の近県のある高校から講演依頼が来た。有志、希望者、五十―百名に話してやってくれないか、とある。

全校生徒だと講演中に私語したり、ざわついたりする生徒が出る。それで希望者だけにするのだ。

返事を書いた。ききたい生徒だけに話すのは退屈。ききたくないのにきかせる方が張り合いがある。そう言ってやった。

まじめな高校らしく、いろいろ相談したらしい。また手紙が来た。

全校生徒にきかせることにした。ついては、いついつのご都合はいかがですか、というのである。

断ったつもりだったが、こうなってはいやだとも言えなくなってしまった。

昔から、中学や高校の生徒はひとの話がきけない。すぐざわつくのである。

西脇順三郎という詩人は、かつて山梨の名門高校へ講演に行った。詩人の話だからわかりにくい。会場がざわついた。詩人は腹を立て、話の途中で壇をおり東京へ帰ってしまったそうである。

私の話でざわついたら、どうしよう。

迷い子?

小さいとき隣りの子と〝お城〟を見に行き、帰り道がわからず、迷い子になり大さわぎになった。

先日、久しぶりに郷里へ帰り、用のある身寄りのものを訪ねた。そこへたどりつくまで、ひどい目にあった。

前に来たことがあるから駅から歩くことにした。いつのまにかあたりの様子が変ったらしい。曲るところがわからなくなった。あちこちぐるぐる歩きまわる。店できいても知らんという。道行く人はもちろん知らない。

電話をかけたいが公衆電話がない。それをきいて歩いていると自転車にのったおじさんが来た。公衆電話はないか、ときくと、公衆電話はないが、ケイタイを貸してあげよう、という。助かった。うれしかった。

さっそく連絡がとれて、自転車で迎えに来てくれることになった。とんでもないところまできていたことがわかった。

ケイタイのおじさんに、百円玉をわたしたら、〝わるいね〟と言って消えた。

迷い子はこどもがなるもの、じいさんは迷い子にもなれないのだから情けない。

じいさんの炊事

九十三にもなるのにロンドンの何とか会議へ行ってきたという老紳士にあってイギリスの話をきいた。そのついでではないが健康法をきいたら意外なことを言った。息子家族と同居しているが三度の食事を自分で作っている。それがいいらしいと言う。若い人と同じ食事をするのが体によくないというより、自分の手で食べものを作るのは頭も使い老化を防ぐというので、大いに共鳴した。

私もずっと炊事をしている。近くにいる娘に手伝ってもらうが、朝と昼は私がつくる。そのせいばかりではあるまいが年の割に元気だ。

さらに数日後、昔の知り合いに会った。元気でひとり暮らし、炊事を自分でしているというから、ロンドン帰りや私のことをもち出して、自炊が健康のもとになると話した。

別の日、別の知り合いに会った。昨年(平成二十四年)、妻君に先立たれて元気をなくしている。さっそく老人炊事健康説をきかせたが、彼は納得しない。まだ七十になったばかりだから、ものがわからないのかもしれない。

騒々しい

留学先のヨーロッパで現地の女性と結婚し新妻をつれて帰国した知人がいる。

ある夜、奥さんが夫の帰りを待っていると、外で大音響。

スワッと彼女は外へ飛び出した。国を出るとき母親が「日本は地震が多い。大きな音がしたら、外へ出ないと危い」と言った。それだと思ったのである。

外へ出ても人影がなく焼き芋のクルマがスピーカーで叫んでいた、という。

このごろは夜のもの売りはへったが、ひるは結構、騒々しい。駅のアナウンスなど耳をおおいたくなる。学校もマイク越しに大声をばらまく。昔、学校の近くはよい環境とされたが、いまはむしろ嫌われる。

もっとやっかいなのは、何人か集まるとケタタマシイ大声でしゃべる、若ものの集まる飲み屋の近所が「大声で話さないでください」と貼り紙を出す。仲間を待つ間にさわぐのだ。

声ではないが、足音、靴音がひどい。神経にさわる。せっかちな人たちがエスカレーターを歩くがひどい音を立てる。はじめは若い女性たちだったが、このごろはいい年をした男たちが同じようにうるさい。

あんこ

北海道出身の人がこのごろ小豆の人気が下がってきて……という話をしたからビックリする。昔から大のあんこ党で、まんじゅう、ようかん、あんパンなどに目がない。冬のあいだは、たえずしるこを食べる。

あんこのもと小豆のいちばんの産地は北海道である。そこで小豆の生産が下がってきたのは、日本人があんこ離れをしだしたせいか、と勝手に解釈した。

私もかつては、洋風で、ケーキなどを好んだが、年をとるにつれて、あんこの入ったものが好きになってきた。

ショートケーキなどはカロリーが高くうっかりすると肥満になる。それにひきかえ、あんこは低カロリーで健康的であるということを教わってたいへん心づよかった。

近年は、和菓子を食べないと落着かない。近くにいい和菓子をつくる店があって常連である。

いくと、ほかの客には出さないのに、お茶と小さなお菓子をもってくる。

こいお茶で和菓子を食べると一日の疲れも忘れるようだ。しみじみうまいと思うのである。

握手(二)

握手は西洋から入ってきたもので、いまだに日本人にとけ込んでいないところがある。英語のシェイク・ハンド(shake hands)を握手と訳したのだが、握ということばにひっぱられて、ただにぎっているだけ、振らない握手が一般的になって、いまもつづいている。握って振るのがシェイク・ハンドである。

もともとは互いに手に武器はもっていないと手の内をあかすことだったという。そういわれると、すこしいやな気がする。

先日、私の新しい本のサイン会があった。本をもって来る人につぎつぎサインをする。こちらは目が悪く、字が変になったりして、恥ずかしい。

そんな中で手をさし出す人がいる。握手を求めているのである。前にも経験しているから、おどろきはしないが、びっくりする。見るときれいな女の人、でこちらは超じいさんだから恐縮。握手は本来、女性が特に手を出すものと知っている。

握手してくれという人がその日も何人かあったが、女性が多く、男性は少ない。

天地無用

かつて駅などの貨物でよく〝天地無用〟という荷札を目にした。上下ひっくり返すなの意味だがおもしろい表現だ。

そんなことを思い出したのはこのごろの郵便切手の上、下がわかりにくいからである。

昔は、年に何回しか記念切手を発行しなかった。発売日には局でマニアが列をつくることもあった。それがいまはたえず新しい切手を発行する。八十円など標準的な切手かわからなくなるほどである。

それはいいが、切手の上、下がはっきりしない。料金を示す数字もひとつひとつ違う位置にあってまぎらわしい。料金を示す数字より絵の方を大切にしているのではないかと思われる切手がすくなくない。

切手は絵の展示のためにあるのではない。絵ばかりに気をとられて、かんじんな料金が見にくくなっては本末てんとうである。切手本来の姿にもどすべきである。

民営になった郵政だから商売に熱心なのはいいが、使用者のことを考えてくれないと困る。

天地無用、である。

補聴器

十年くらい前から耳が遠くなり出したが、都合の悪いことがきこえないのはありがたいと冗談を言っていた。

そのうちに都合のいいこともきこえにくくなったから、大病院へ行って補聴器を求めた。外国製で二十七万円もするからびっくり。つけてみるとすぐこわれたから病院へもっていったが、完全にはなおせない。またすぐ故障する。ハラを立てて放り出し、二度と補聴器なんかつけまいと、思った。

ところが近ごろまた一層きこえが悪くなって不自由だ。家のものがデパートで数万円のものをうっているが、調子がいいらしいという話をきいてきた。

そこで、デパートへ出かけた。安ものだからと十万円しかもって行かなかった。デパートで見せるのは、三十万、四十万というものばかり。しかしそれは片耳。上等なのになると両耳で百万円近くなるのである。

ほかのデパートも当たってみたが、やっぱり同じ。

十万円しかもたないで出てきた愚かさをかみしめ、へとへとになって帰った。

甘酒

年のせいかこのごろ頭のはたらきがにぶい。神様のお力にすがりたい。そう思って、ひるさがり暑い最中、湯島の天神様へおまいりした。ご利益ありますように……。

帰りに甘酒屋で冷たい甘酒あるかときく。あるというから一服。汗がひいた。

あくる日の朝、目をさましたら五時。いつも夜中に一度はトイレに立つ。多い日は三度もおきる。ところが、ゆうべは朝まで一度も目をさまさないで熟睡したのだ。何十年ぶりのことのような気がする。

この春、仲間としている勉強会で、ひとりが、人間にとってもっとも健康的な食べものは何かという問題を出した。

ダンスの教師をしている人が、甘酒、と答えて、それが正解だった。みんなはじめてきくことでびっくりした。

そのことを思い出して、夜中に一度もおきなくてすんだのはひょっとすると、あの甘酒のせいでは？　と思うようになった。

天神様もありがたいが、甘酒のご利益もバカにならない？

涼し

暑い日中、東京ドームの脇を通り抜けたら、かき氷、というハタをひらめかせる店があった。別に入って食べようとは思わなかったが、青と赤のハタを見るだけで涼風にふかれる思いがした。

ハタのゆれているのから、風鈴を連想した。その風鈴を近年、めっきり見かけなくなった。なぜかときいたらあの音がうるさいと近所から苦情の出ることが多く、だんだん姿を消すようになったのだそうだ。そういう話をきいて都会に住む人たちの心のせまさ、まずしさと思う。風鈴を騒音だときらうのは末梢神経的である。テレビの音響は知らん顔しているくせに、暴走するバイクのけたたましい爆音には文句をいわないのに、風鈴のなる音をうるさいと感じるのは情けない。

セミの鳴き声はすこしうるさいが、晩夏なき出すツクツクボウシのなき声は涼しげである。わが家の近くにツクツクボウシの宿があるらしく毎年、二、三ビキが鳴いてくれる。早くツクツクボウシが鳴いてくれないかと毎日の猛暑にたえている。

とうがん

親しい八百屋が店をやめる前だからずいぶん古い話だが、とうがんを買いに行ったら、とうがんを食べるのかとおどろき、こんど仕入れてくるから必ず買ってくださいよと言われた。

郷里の同窓会に出てその話をしたら、こちらでも、あまり食べない。戦中、戦後はよく食べたが……と言う。

私が、とうがんは味噌汁のみにすると天下一品だ、と教えた。

その話を帰って話した旧友の妻君がとうがん好きになり、「けさは外山さんの味噌汁ですよ」と言うと伝えてきた。

赤味噌の味噌汁にことによく合う。東京の人は赤味噌になじみがうすいから、とうがんのよさもわからないのだろう。

先日、とうがんの味噌汁が食べたくなり、スーパーへ買いに行った。見つからないから店員に教えてもらう。店員が「しゅんですものね」と言った。

「冬瓜」と書いて「とうがん」と読むのは音便である。夏ものをなぜ冬というのだろうか。

行列をつくる

ラジオ体操へ行くので毎日のように東京北の丸公園の中にある武道館の前を通る。週に一、二度は長い列ができている。イベントの入場券を貰うためらしい。六時半に百名くらいいる。先頭の人は家を暗いうち出てくるのだろう。

長い時間、待つのだから、みんな地べたに腰をおろしている。ときに難民のように見えたりする。立ってはいられないのだろうか。少し見ぐるしい。

イギリスでも行列が流行しているそうで、戦時中、物資の配給で列をつくったのがやみつきになったらしい。店先で客が二人いれば列をつくるというから徹底している。

日本でも行列は戦後のこと。戦前は行列を見たことがなかった。このごろはあちこちで行列ができる。

ある奥さんが買物に出かけると、長い行列。いいものを売っているにちがいないと行列の尻尾につく。

やっと自分の番になってみると、うちにある台所用品だったが、せっかく並んだんだから買うことにした。「行列につられて損しちゃった」。

編輯後記　小出昌洋

本書は平成二十六年二月に出版された「茶ばなし」に収録せられざる、米澤新聞のコラム「茶話」に寄稿された二百五十八篇を以て一書としたもので、先の書を編輯するにあたって、外山滋比古さんから手渡された原稿の、これが全てである。

外山さんから先の書を出版するにあたり原稿を預かり、編輯を依頼されて、当時百八十篇を選んでお持ちしたところ、種々お話をしているうちに、今回は一先ず百五十篇で纏めようということになり、上梓することになったのであった。残余はまたあらためて後日のこととしたのである。その後続刊の話をされることはなく、とうとう外山さんは令和二年七月三十日、他界せられた。九十六歳だった。

外山さん歿後、展望社主人唐澤明義さんにお会いしたら、主人から、「茶ばなし」の残余の原稿を纏めたいという申し出により、ここに一書としたのである。

本書のもととなった米澤新聞への寄稿は六千回を超える、と外山さんはお言いであったから、「茶ばなし」二冊は同新聞寄稿の全てではない。他はおそらく形をかえて、外山さんの他書に収められているのであろう。ともかくもここにお預かりした、米澤新聞の原稿は二冊に纏められたことになる。（令和二年師走）

茶ばなし残香

令和二年十二月十日　第一刷発行

著　者　外山滋比古

発行人　唐澤明義

発行所　展望社（〒一一二-〇〇〇二
　　東京都文京区小石川三の一
　　の七の二〇二）

印刷製本　株式会社東京印書館

ISBN978-4-88546-390-7